열두 개의 심장이 있다

송은숙

시인의 말

산 가까이 살다 보니
새소리에 잠이 깬다.
그 사이로
뒤채고 펄럭이고 솟구치고 터져 나오는
온갖 소리, 소리, 소리.

두근거리는 시작을
받아쓰고 싶다는
간절함이 있다.

2024년 가을

송은숙

열두 개의 심장이 있다

차례

1부 시인의 일

2부 텃밭에 봉숭아가 용용 죽겠지

3부 호수 건너기

1부
시인의 일

무

팔꿈치 안쪽에 실핏줄이 터지듯 천천히 멍이 드는 저
녁이다

무의 발자국이 밭두둑을 넘어왔다
무의 발자국은 서걱서걱 얼음 갈리는 소리를 낸다

무를 깎는 소리가 그랬다
매끄러운 얼음을 지치듯 껍질 밑으로 칼이 들어갈 때
부엌문으로 무심코 하늘을 보다 낮달에 손을 베일 때
껍질과 칼의 경계에 돋는 소름

껍질 밑으로 무의 실핏줄이 드러났다
오래 동여맨 손가락처럼 하얗게 질려 있다

집요한 서걱거림에 무가 제 몸을 열어 보인다
빈집의 들창처럼 숭숭 바람구멍이 나 있다

너머의 너머

창 너머, 담 너머
너머는 너무 멀다
고개 너머, 산 너머

가려고 했는데, 가자고 했는데, 갈 수 있었는데

너머는 넘어가 아니라서
더 아득하고
눈을 가늘게 뜨고 한참을 보아야 보일 듯 말 듯한 아
지랑이 같아서

고양이가 담 위에서 너머의 안쪽과 바깥쪽
어느 쪽으로 뛰어내릴까 갸우뚱 궁리하고 있다

너머의 바깥쪽으로 바람이 분다
너머의 너머쪽으로 불었던 바람이
다시 너머의 안쪽에 막혀
되돌아온다

무지개라든지 구름이라든지 계절이라든지
지금, 이 순간이라든지

너머의 결계는 거미줄같이 가벼워서
너머의 너머는 너무 투명해서
돌아오지 못한다

멍

멍이 들었다는 건
내가 어딘가 움직여 갔다는 것이다
누워 있지 않았다는 것이다

누군가와 싸웠다는 것이다
책상 모서리나 의자 다리나 바닥이나
돌멩이나 나무 그루터기나 비탈이나

그러므로 나는 전사의 후예다

문턱을 넘으려다 나동그라져
어깨 위에 훈장처럼 멍이 들었을 때,

문을 나와
다른 세상으로 가려면
자줏빛 구름 속을 지나야 한다

자주색은 연지벌레나 꼭두서니에서 나온다

그 귀하다는 페니키아의 자주 조개에서

자주색은 황제의 망토, 교황의 법의, 가시관 아래 흘
린 피
나는 망토를 휘날리며, 스텝을 건너온 적에게 달려든다
방패와 창이 부딪치고 누군가의 칼이 어깨를 내리친다

사이프러스 나무등치에 앉아 숨을 고르니
산등성이에 부딪혔던 노을이 내 어깨에도 내려앉는다
자주와 파랑 갈색 노랑으로 서서히 몸을 바꾸며

어느덧 황제의 별이 떠올랐다
툰드라와 초원과 사막을 돌아
별의 길을 돌아 돌아온다
평범해져서
시시해져서

아, 바짓단에 묻어 있는 낙타털 몇 가닥

시인의 일

식당 창가에서 장대한 노을을 보았을 때
저기 노을 좀 봐, 시인 친구한테 말했더니
밥 먹을 때 일 얘기 좀 하지 말라고 하더라나
이런 농담 너무 좋다고 다른 친구는 깔깔 웃었다나
노을을 보고 시인이 하는 일
노을을 캐내고 맛보고 냄새 맡고 감정하고 평하고 달
아 보고 쥐어짜고 꿰매고 다림질하고 전송하고
　손가락 사이로 흘러내리는 노을을 보며 발을 구르고
　붉게 부풀어 오른 노을의 발가락을 만년필로 콕콕 찔
러 보며
　몇 개의 문장이 능선으로 지평선으로 내려앉을 때
　깃털 같은 그것을 주워 점을 쳐 보기
　내일 비가 오는지 바람이 부는지
　산등성이로 배를 띄워도 되는지
　그래, 이건 일이 맞지
　그대 입에 넣어 줄 고기를 굽는 것도 일이지
　벌겋게 숯불이 피어오를 때 잠깐잠깐 노을을 생각
하고

붉은 노을을 보며 잠깐잠깐 바닥에 소복이 쌓인 능
소화를 생각하고

 나는 지금 노을의 무게를 재고 있어

 저울이 오른쪽으로 기울면

 오른쪽의 노을을 힘껏 왼쪽으로 밀며

 둥글게 둥글게 노을이 번지도록 해

 어둠 속에서 오래 불의 기억을 간직하라고

 그러니 우리가 후식으로 자몽주스를 마실 때

 다정히 말해 줘

 저기, 노을 좀 봐

 나는 천천히 감탄할 준비를 하며,

민물가마우지 낚시법

그러니까 민물가마우지는 꿀꺽 대신 컥컥을 배웠다
는 거다
밧줄에 졸린 목에서 물고기는 컥컥 내뱉어져
컥컥 눈물을 뒤집어쓰고
발밑에서 펄떡거린다

컥컥 토하다 배가 텅 비어 버리면
목의 줄이 비로소 느슨해진다

작은 물고기 한 마리와 눈물 한 방울이 배 속으로 미
끄러질 때

물고기 한 마리가 두 마리, 네 마리, 여덟 마리처럼
눈물 한 방울이 두 방울, 네 방울, 여덟 방울처럼
배 속에 가득 찰 때

이건 꿈을 먹는 거야
왜 목이 가는 아이들의 배는 북처럼 부풀어 오를까

가마우지는 매의 눈으로 물속을 노려보다가
온 힘을 다해 뛰어든다, 날개를 접고

물속으로 가라앉은 꿈의 주머니를 낚아채서
물 밖으로 끌어 올린다, 삼키지도 못하는 것을
컥컥 쏟아내자
저 혼자 주머니를 찢고 터벅터벅 걸어가는 것

이걸 시詩라고 하자

목구멍에 사로잡힌 저 날것들이
저 낯선 것들의 가시가 오래 목을 찌르다가
북처럼 날뛰다가, 컥컥

마침내 잠잠히 발밑에 엎드린다
입술을 꽃잎처럼 벌려 발가락을 빤다
기이한 상형문자가 쓰인 푸른 치마를 펼쳐 보이며

안개를 발굴하다

안개가 뒷산을 지우고
도시 전체를 덮고 있다
화산재 덮인 폼페이처럼
어느 날 우리의 발걸음이 어디를 향하는지 몰라 정처
없을 때
갑자기 안개가 내 손을 잡고 간다
거기 안개의 가슴이,
안개의 눈동자가 있다
안개의 가슴속에
안개의 눈동자가 있다
분묘를 밝히는 장명등처럼
셀룰로이드로 보는 태양의 눈빛을 하고
우리는 눈동자를 따라 안개의 가슴속으로 간다
상석 위에 켜켜이 쌓인 낙엽을 끌어모으며
매몰된 메트로폴리스를 발굴한다
발굴은 삶이 어땠는지 밝히는 일*
벽을 더듬고 문설주를 당겨 본다
안개의 트램펄린

안개의 테니스코트
안개의 학교 운동장
안개의 공을 차서 안개의 유리창을 깨뜨린다
태양이 떠오르고, 도시가 발굴되었다
도시는 갑자기 명랑해졌다

* 영화 〈더 디그〉에 나오는 대사.

추분

터벅터벅 먼 길을 걷다가
황도의 햇살이 잠시 머뭇거리는 시간
길은 반짝거리다가 눈이 오다가 곧 진눈깨비로 바뀌
거나
무엇보다 오래 비가 내렸다
비를 타고 햇살이 줄줄 흘러내렸다
공터에는 촉수 같은 풀이 무성히 자라 발목을 감고
나무 의자마다 여름의 혹 같은 버섯이 끈질기게 돋아
났다
배롱나무꽃은 밥공기 안에서 조금씩 식어 갔다
전봇대 전단지에서 하얀 몰티즈가 뛰어내릴 때
아이들은 줄넘기 줄을 돌리며 꼬마야, 꼬마야 뒤로
돌아라
돌아서 돌아서 눈이 마주치는 시간
까마귀 네 마리가 개의 눈을 쪼며 저글링을 하고 있다
배롱나무꽃은 레이스를 뜨며 돌고
우리는 커다란 버섯 위에 앉아 회전목마처럼 돌고
공터의 개여뀌는 일제히 빨간 혀를 내밀며 돌았다

바짓단이 눅눅해질 무렵 올려다본 하늘엔
반으로 쪼개진 달이 제 얼굴을 가만히 맞춰 보고 있다

피자 가게 앞에서

피자 가게를 지난다 달의 표면 같은 피자 사진이 유리문에 붙어 있다 손을 뻗어 달의 분화구를 만져 본다 유리처럼 차갑고 매끄럽고 반짝거린다 달의 흙은 동식물의 사체가 섞이지 않은 순수 무기물이다

미국인 데니스 호프는 1980년에 샌프란시스코 법원에 달의 소유권을 인정해 달라고 소송을 제기해 승인받는다 법원은 호프의 손을 들어 주었고 우주 장사에 뛰어든 그는 600만 명이 넘는 사람들에게 달의 땅을 팔아 100억 이상을 벌었다 100억은 동그라미가 열 개 하늘에 두둥실 뜬 열 개의 달을 떠올려 본다 사막이 아름다운 건 어딘가 우물이 숨겨져 있기 때문, 달이 아름다운 건 어딘가 자기 몫의 달이 있기 때문? 그들은 보름달일 때 가장 행복해하다가 달이 기울면서 차츰 불행해져서 그믐에는 죽고 싶어 할 것이다 그리고 보름까지 다시 행복해지겠지 보름과 그믐을 그네처럼 오가며 피자 한 판 하실래요?

2019년에 중국이 달 뒷면의 실험 상자 안에서 싹 틔운 목화는 6일 만에 죽고 말았다 영하 52도였고 목화는 달의 흙을 밟지 못했다 죽은 목화는 누구의 땅 위에 자랐을까 달을 볼 때마다 6일간 살아 있던 목화를 생각할까 달의 한 귀퉁이가 한때 초록이었음을 우리는 달의 뒷면을 볼 수 없지만 19.99달러를 주고 산 달 1에이커의 땅이 우물을 숨긴 사막처럼 초록의 기억을 간직하기를 그래서 말인데, 얼굴 피자 한 판 주실래요?

끓다

해물탕 안에 홍합이 입을 벌리고 있다
벌린 입 안으로 버둥거려도 자꾸만 물에 가라앉던 기
억이 떠오른다
사방이 물인 것은 사방이 흙인 것과 같다 누군가 뺨
을 때렸다
홍합의 들숨과 날숨
기억의 들 숨과 날 숨
숨을 토할 땐 휘파람 소리가 났다
바다가 끈질기게 따라온다

물은 끓고, 나는 끓지 않는다
홍합은 입을 벌리고, 나는 오므린다
입속의 보잘것없는 살이 옷걸이에 걸린 낡은 코트
같다

폐각근이 늘어진 홍합처럼 식당 옆엔 쓰레기봉투가
찢겨 있다
파리가 들끓는다

주검의 유혹은 너무 강해서
부드럽게 다리를 감는 물풀이나 옆에서 들리는 고른
숨소리 같아서

어둠을 빠져나온 하얀 알들이 끓고 있다
바다의 거품처럼,

나는 천천히 무릎을 꿇고
오래된 바다를 토해낸다

행운의 편지

교실의 코트 주머니에서
어느 날부터 편지가 발견된다

이 편지는 영국에서 최초로 시작되어,
이 편지를 일곱 명에게 보내면 큰 행운이, 하지만
이 편지를 보내지 않으면…

보내지 않으면? 치마를 입은 채 계단에서 구를까, 짝
을 찾지 못할까, 불어 선생님의 결혼 소식이 들릴까
그 겨울에 복사된 행운은 주머니 속에 굴러다니고,
내 손을 떠난 행운이 다시 굴러와 나를 흔들기도 했다

그 겨울에 우리는 누군가에게 무언가를 주고 싶어 안
달이 났다
편지와 초콜릿, 생리대와 하이틴 소설, 매니큐어와 카
세트테이프, 실로 뜬 행운의 팔찌,
은밀히 건넨 성냥갑엔 젖꼭지 같은 성냥들이 가득
했다

행운은 우리의 팔을 감고 귀를 핥으며 종이비행기가
되어 하늘을 날고 일곱 배의 일흔 배로 불어났다

　　우리는 행운 속에서 익사할지도 몰라
　　서둘러 행운의 목에 밧줄을 걸고 못을 박았다
　　누군가 옥상으로 끌려가고 누군가 뛰어내릴 때
　　우리의 행운은 겨울 코트처럼 벽에 나란히 걸리고
　　햇빛 찬란했고 종소리 울려 퍼지고
　　이젠 안심이야, 무심코 주머니에 손을 넣자 귀퉁이가
닳은 종이가 잡혔다
　　이 편지는 영국에서 시작하여,

휴지의 쓰임새

휴지는 많은 일을 할 수 있다 아니, 휴지로

코를 풀고 뒤를 닦고 눈물을 훔치는 것 말고
(분이 풀릴 때까지) 휴지를 찢어발기기
(고양이처럼) 풀어 헤치며 방 안 어지르기
(눈은 빼고) 온몸에 휴지를 감는 미라 놀이
(뭉쳐서) 눈 뭉치처럼 던질 수도 있고
(유명하다면) 코 푼 휴지도 경매에 부칠 수 있다
(슬리퍼로 때려잡은) 바퀴벌레 사체를 치울 때
(감옥에서) 휴지에 깨알같이 편지를 써서 출소 뒤에
책으로 엮은 이도 있다
(밧줄처럼) 꼬아서 목에 걸 수도 있지 않을까

휴지로 만든 웨딩드레스가 전시된 걸 보았다
결혼은 신성한 것도 빛나는 것도 아니라
티슈 한 장을 뽑아 안경을 닦아 주는 일

너는 수저를 놓을 때 냅킨을 접어 밑에 깐다

휴지 한 장의 영역 표시
그리고 두 장의 휴지를 이용해 입을 닦는다

냅킨으로 장미와 새를 접는 사람을 보았지
마술사처럼 손끝에서 하얀 장미와 하얀 새를 뽑아내
내게 건넬 때
장미와 새, 새와 장미 머뭇거리는 사이
새는 장미를 입에 물고 날아가 버렸지
너는 새를 가슴에 안고 장미를 머리에 꽂으라고 말
하지
내가 새를 꼭 안아 그만 새의 가슴이 터져 버린다면,

비누를 밟고 허공으로 미끄러지듯
누군가는 종이 장미의 가시에도 손이 찔리고 하얀 피
를 흘리지

발목에 복숭아나무가

발가락을 가지런히 하고 석고 붕대를 감았다
석고 붕대는 왜 초록색일까
나이테를 바깥에 두른 여름 나무 같다
옅은 온기가 발바닥을 타고 올라온다

식어 가면서 도리어 따뜻해지는 것
굳어 가면서 물렁하게 모양을 맞추는 것
발등과 복숭아뼈와 종아리가 나무 안에 갇힌다
저 둥근 것들이 이젠 여름 나이테다

복숭아뼈 안에 복숭아씨가 있을까
복숭아씨가 어둠 속에서 반짝 눈을 뜨는지
가만히 싹을 틔우는지
나무 안쪽이 맹렬히 가렵다

노승이 꽂아 둔 지팡이에서 은행나무 싹이 트고
주춧돌에서 골담초꽃이 피어나듯
목발의 손잡이에도 물관이 돌고 부름켜가 자라고

석고 붕대 안의 발가락에선 실뿌리가 나오겠다

물을 주지 않아도
발목에 복숭아나무가 무럭무럭 자라고
복숭아나무 뿌리는 발등의 상처를 가만가만 덮어
주고
입김 닿는 곳마다 꽃이 필 듯도 하다

우물

우울 씨가 우물을 들여다본다 우물 속에는 구름이
흐르고 하늘이 펼쳐져 있다* 열쇠를 찾기 위해 우울 씨
가 허리에 밧줄을 동이고 우물 속으로 들어갔을 때 하
늘이 열리고 구름이 발치에 엎드렸을 때 우울 씨는 우
물 밑에서 열쇠 꾸러미와 고무신 한 짝을 건져 올렸다
내를 건너기 전 발을 슬쩍 담가 보듯 누군가 신발을 먼
저 내려보냈는가 신발은 기억 속에 툭, 떨어진 언 발등처
럼 부어 있다 우물을 들여다보는 얼굴들이 검다 우물
을 들여다보는 얼굴들은 모두 검은 우물을 하나씩 간직
하고 있다 우울 씨는 물고기 한 마리도 건져 올렸다 물
은 뼈를 치듯 시리고 수맥을 거슬러 헤엄치기엔 강의 근
원이 멀다 어떤 생명은 막다른 곳에서 태어나기도 한다
그래도 우물 벽에 가래고사리가 자라고 우물 밑에 용궁
의 수문이 있을까 우울 씨는 물고기를 방생한다

눈꺼풀을 덮듯이 기억이 덮일 때 기억 위에 또 다른
기억이 덧대어 개미탑처럼 자랄 때 가령 우물이 메워지
고 돌담이 허물어질 때 사람들이 개미처럼 흩어질 때

콘크리트와 유리창으로 황금빛 우물이 세워질 때 우물
벽에는 제라늄 화분이 걸리고 물고기가 헤엄치고 네온
이 번쩍이고 유리창 저편에 누군가 매달려 있다 수문을
연 저수지처럼 바닥을 훑으며 콸콸 우물물이 쏟아진다
우울 씨는 우물을 바라본다 우울 씨는 신발을 벗고 우
물 속으로 들어간다

* 윤동주의 「자화상」에서 빌림.

2부

텃밭에 봉숭아가 용용 죽겠지

꽃의 머리채를 잡아 흔드는

찔레나무에 올라간 바람이
찔레꽃의 머리채를 잡아 흔든다
때죽나무에도 산사나무에도 조팝나무에도
머리채를 흔드는 바람에 꽃은 봉두난발로 난만하다
바람의 손이 꽃의 머리를 들고 호곡을 한다
머리가 제단의 그늘에 수북하다
세례자 요한의 얼굴이 하늘을 향하고 있다

향기란 저런 것이다

얼굴 없는 바람에 얼굴을 그려 주는 것
산벚나무 오리나무 떡갈나무 산앵두의 눈 코 귀 입
술이 마구 뒤섞여
철쭉에 오래 머물다 나온 뒤영벌처럼 잠시 정처 없
는 것
나무의 신전에 잘라 바치라고 바람 앞에 목을 내미
는 것

저녁의 발자국

저녁의 발자국을 본 적이 있다
산책길 양옆을 따라 망초꽃이 줄지어 피어
내가 발을 옮길 때마다 꽃은 밝음에서 어둠으로 팽
나무 그늘처럼 옮겨 가는 것이다

그날 나는 저녁과 함께 산책한 것인데
저녁은 서걱서걱 옷 스치는 소리와 쌀랑쌀랑 바람이
이는 소리로 반 발짝쯤 앞서 걸었다

그때 우리는 무슨 얘기를 했던가
징검다리 한가운데서 눈을 감고 섰을 때 물살이 나
를 떠메고 가던 일
바람이 등을 밀어 줄 때 슬쩍슬쩍 허공을 밟던 일
분홍낮달맞이꽃에 고개를 박고 있던 나비의 그림자
에 대해

저녁은 손짓 하나로 저 멀리 검은 창에 노란 달맞이
꽃을 피우고

하늘에 쌀알 같은 별 뿌려 놓고
그 마술에 현혹되어 저녁의 발자국을 따라가는데

망초 길이 끝나고
검은 아스팔트 길이 강처럼 가로지르고
그 너머 어둠 숲이 펼쳐지고
길을 건너다 징검다리에서 듣던 물소리를 아득히 다
시 들으며

저녁이 저 녘으로 나를 이끄는 것을 힘겹게 깨닫고
몸을 돌리는 것인데
바짓단에 흠뻑 이슬을 적시는
까만 밤의 반딧불처럼 저녁의 주술은 매혹이어서

화분

그가 아프리카봉선화 화분을 주었다
아프리카봉선화꽃은 열두 가지 색이 있다
어떤 꽃이 필지 모른다
열기 전엔 알 수 없는 상자 같다
나는 선물 상자처럼 아프리카봉선화 화분을 안고 다
닌다
화분을 안고 버스를 타고
화분을 안고 밥을 먹고
화분을 안고 공원에 간다
백합나무 그늘에 앉아 그림책을 읽어 준다
너는 무슨 색 꽃이니? 가끔 속삭이고
보라색 꽃을 찧어 붙이면 손톱에 보라색 물이 들까?
가끔 갸우뚱거린다

선물 상자 안엔 다시 상자가, 그 상자 안에 다른 상자
가, 그 상자 안에 또 다른 상자가 있다
그럴 수 있다
열두 번째 상자를 꺼내다 잠이 든다

화분 안에 아프리카봉선화가 심겨 있다

아프리카봉선화꽃은 열두 가지 색이다

열두 가지 색 안에는 열두 개의 심장이 있다

백합나무 가지에 작은 새가, 작은 새 안에 연둣빛 벌레가, 벌레 안에 가느다란 노래가 숨어 있는 것처럼

측백나무에 별이

길 끝에서 커다란 측백나무를 만났을 때
키파리소스*의 영혼이 깃든 사이프러스나무가 생각
났다
무덤 주위에 심는 늘 푸른 나무처럼
서쪽으로 몸을 돌린 측백나무
먼발치에 솟은 산 전체가 이미 둥근 묘역이다
거대한 판테온으로 하얀 밤이 스며들고
검푸른 몸통이 발을 끌며 하늘로 올라간다
나무의 뿌리가 건져 올린 영혼은
회오리바람처럼 타오르는 불꽃처럼 나무를 감고 오
른다
크리스마스트리에 별을 매달듯 한 영혼이 가지에 오
를 때마다 나무는 별을 내건다
나무의 어깨에 매달린 푸르스름한 별들, 울퉁불퉁한
구릉과 골짜기와 산들
작은 구과에 엘리시온 평원**이 펼쳐져 있다
구과는 물기 많은 지구를 복사했다 골짜기와 구릉과
평원을

그곳에도 길 끝에 사이프러스를 닮은 커다란 측백나무가 있고

발치에 둥근 묘지 같은 산이 솟아 있고

측백나무 어깨에 푸른 별이, 복사된 지구가 매달려 있고

그 안에 다시 커다란 측백나무가, 묘지를 닮은 산이, 지구를 복사한 푸른 별들이

극미의 무한 속으로 빨려 들어간 영혼은

안테나처럼 뾰족한 측백나무 우듬지에서 우주의 영혼들과 조우한다

그들이 주고받는 불가해한 음역대가 안개처럼 산을 두르고

나무가 뿜어내는 음音의 알갱이마다

복사된 지구가, 커다란 측백나무가, 길 끝에

* 그리스 신화에 따르면 사이프러스나무는 아끼던 수사슴의 죽음을 슬퍼한 키파리소스가 변하여 된 나무라고 한다.

** 고대 그리스인들이 생각했던, 죽은 뒤에 영혼이 머무는 곳.

모과별

나무에 달린 참외 같다고 목과라고도 한다는데
노란 참외는 모과나무에 올라가 모과가 되고
하늘에 올라 별이 되고
그렇지 않은가, 저 별은
모과나무에 내려앉아 모과가 되고
지상에 내려와 참외가 되고
나는 땅속의 별도 알고 있는데
울퉁불퉁한 감자가 그것이라네
모과는 커다란 감자 같아서
하늘 어딘가엔 감자별과 참외별과 모과별이
사이좋게 손을 잡고 도는 행성이 있다네
그 공전 주기는 여름과 가을에 걸쳐 있지
청명한 날이라네

모양이 아니라 핏줄로 따져 본다면
모과는 장미와 사촌이라는데
장미과라는 사과, 복숭아, 비파, 자두, 매화
찔레꽃, 명자나무, 조팝나무, 눈개승마, 산딸기도

모과별에서 떨어져 나온 별 가루가 소복소복 내려앉
은 것
　모과는 뜨겁고 장미들도 뜨겁지
　별이 별을 태우는 가을 뜰에서
　별이 타고 남은 재를 모과나무 발등에 뿌리며
　사과별과 자두별과 찔레꽃별과 명자꽃별과 기타 등
등 별별 별들
　그 공전 주기는 가을과 봄에 걸쳐 있지
　따뜻한 날이라네, 그렇지 않은가

꽃잎이 둥글게 둥글게

꽃 피었단 소식 듣고 가방을 챙기는 사이
운동화 끈을 묶는 사이 꽃이 사라졌다
꽃이 피기는 했나 세상이 환했던 적이 있나
그래도 꽃은 피었었나 누군가 잡아챈 듯 쥐어뜯은 듯
벌건 상처 자리가 남았다
망울망울 핏방울이 맺혔다
점점이 핏자국만 남기고 꽃은 어디로 갔나
점점이 흰 길을 따라가다 연못으로
버드나무는 긴 머리칼 풀고 연못 속을 들여다보고
수양벗나무도 소매를 걷고 들여다보고
햇살은 치렁치렁 나무에 감기고
그늘의 그늘에 앉아 나도 물속을 들여다본다
사라진 꽃들이 다 거기 있다
물속엔 기왓골에 꽃잎 가득 내려앉은 작은 집이 있고
돌담 가운데 반쯤 열린 쪽문이 있고
쪽마루 아래 반듯한 댓돌이 있고
댓돌 위에 씻은 듯한 하얀 고무신 있고
고무신 속 벗꽃잎 그득그득하고

나는 그 고무신에 내 발을 맞춰 보고 싶다
연못을 한 바퀴 돌아온 오리 가족이
어미 오리와 하나, 둘, 다섯 마리의 새끼 오리가
그늘 속으로 자맥질한다
그늘의 그물 속으로 갇힌다
벚꽃은 둥근 소반 위 사기그릇처럼 반짝거리고
댓돌과 쪽문과 기왓골은 둥글게 둥글게 번지고
이건 어느 봄날 오후의 일
그늘의 그물이 꽃잎을 슬그머니 풀어 놓는 것도 봄날
오후
    핏물 번지듯 꽃들이 물주름을 따라 둥글게 둥글게

틈

공원의 소로를 따라 심어진 호랑가시나무
빽빽한 울타리 사이에는 군데군데 틈이 있다
꼭 나무 한 그루 빠진 자리다 벌어진 잇새처럼,

잇새로는 스,스,스,스 발음이 새 나가고
나무 틈으로는 마주 오던 사람이 주춤거리더니 몸을
비켜 빠져나간다
어깨를 부딪힐 일 없이 삶의 방향을 바꿀 수 있다니

나는 틈으로 사라지는 새를 본 적이 있다
깃털 하나와 명랑한 울음 혹은 노래만 남았다
이 겨울에 저리 밝게 울 수 있다니

회개한 거인의 정원처럼 울타리 저쪽은 이미 봄일
수도
나비 날개에 노란 물이 묻어날 수도

틈을 빠져나가는 개를 본 적도 있다

하얀 개의 뒷다리와 엉덩이와 꼬리가
이승의 나뭇가지에 걸린 연처럼 호랑가시나무 진초
록 잎에 걸려 있었다

머리와 앞다리는 이미 미궁을 빠져나갔는지

어서 가 보라고 저 엉덩이를 밀어 줄까
반대로 꼬리를 당겨 볼까 망설이는 사이
개는 체셔 고양이처럼 사라졌다

잇몸을 드러낸 개의 웃음만 남았다
즐거워라, 이쪽과 저쪽을 컹컹 부유하는 일

틈을 빠져나간 것들은 돌아오지 않는다
틈을 지나칠 때 내 왼쪽 옆구리는 차례차례 허전하다
소로의 끝에서 되돌아올 때 내 오른쪽 옆구리도 차
례차례,
틈의 저쪽을 보아야만 한다

나무 틈에 눈을 대 본다
누군가의 눈이 나를 바라본다

창窓

　창窓에는 마음 심 자가 박혀 있다 후박나무에 새겨진 지문 같다 의미심장하다 장성을 쌓을 때 쓰러진 백성들의 육편이 벽돌의 어디쯤 점점이 박혀 있을 거라는데 창에 박혀 있는 마음은 '언제'와 '어디서'와 '누구'가 없다 창의 빈 곳은 언제와 어디서와 누구의 자리일 것이다

　'어떻게'가 이들을 찾아 나선다 사구의 모래를 뒤집어쓰고 염수에 머리칼이 절여지며 화염의 바다를 건넌다 몸이 한 점으로 오그라들며 색이 한곳으로 모인다 낮달을 향해 짖는 개처럼 낯선 골목을 헤매다가 '왜'를 만난다 왜는 입술이 부르텄다 목이 잠겨 눈빛만 간절하다 대양을 건너온 바람의 빛이다

　땅과 허공의 끝을 돌아 집으로 온다 '무엇을'이 마중을 나왔다 창틀에 매달려 밖을 본다 후박나무는 칼끝으로 새긴 듯 지문이 깊어졌다 활짝 펴서 흔드는 후박나무 손끝에 하얀 무지개가 걸렸다 어떻게가 손바닥을 펼쳐 보인다 무지개의 뿌리가 보인다

오월은 너무 빠르게

비 오는 날 아스팔트 위에 널브러진 지렁이를 보니 왜
오월이 생각나는지

잠시 고인 물을 실컷 들이켜고 살이 통통 불었다가
버려진 아코디언처럼 주름을 접지 못하고
속수무책 비를 맞는 사후강직의 고리를 보니

왜 오월이 진저리를 치는지

사월은 무람없이 모든 꽃을 갑자기 피워내서
이팝과 조팝과 등꽃, 장미, 마거릿, 아카시아, 초롱꽃,
피라칸타
오월의 꽃까지 당겨 쓰면서
아낌없이 성찬을 베풀면서

찌꺼기만 남은 포도주 잔을 핥으며 오월이 오고
오월의 비가 내리고
비가 제법 세차게, 마치 유월처럼, 지나간 유월처럼 내

리고
　발목 잘린 꽃잎들이 떠내려가고
　줄 맞추어 걷는 아이들처럼 착하게

　그래, 지렁이가 있었지
　지렁이가 꽃잎에 둘러싸여 있었지
　갑자기 많은 꽃이 피고
　갑자기 많은 비가 내리고
　고장 난 계기판처럼 모두 빠르게 달리고

　그리고 지렁이가 이 미친 속도를 끝장내겠다는 듯
　문득 멈추어서
　몸을 쭈욱 펴며 최대한 늘이며
　오월의 저 속도를 막아서는 바리케이드를
　발끝에 툭, 던져 놓는 것이다

텃밭에 봉숭아가 용용 죽겠지

고구마 심겼던 텃밭에 올해는 봉숭아가 자랐다
얼굴 모르는 주인은 일요일 아침처럼 게을러지기로
했는지
쇠비름과 별꽃과 마디풀도 돗자리를 깔았다

발을 붙잡는 건
소쿠리에 담긴 고구마처럼 무럭무럭 빨간 김을 올리는
봉숭아, 봉숭아, 봉숭아 세 포기

한 상자에 삼만 원, 오만 원
환금의 유용성이 이제
무용하게 되었다, 저 빨강!

용용 죽겠지 용용 죽겠지
곧 날아갈 듯 날아갈 듯 머뭇거리는 나비처럼

빈손이다

그 나비 붉은 혀 쏙 내밀며
용용 죽겠지 용용 죽겠지

얼굴 모르는 주인은 여전히 얼굴을 모르고
일요일 아침은 세숫물같이 맑고 상쾌하고
나비는 어느 손끝에 내려앉을까 벙긋거리며, 용용 죽
겠지

으아리라는 꽃

이름 모를 꽃이 예뻐 으아, 감탄을 했대서 으아리
으아, 산책자가 소리를 지를 때 으아리꽃도
으아, 입을 벌렸다
으아, 입을 활짝 벌린 채 마주 서서
으아, 서로를 응시할 때
꽃이 사람을, 사람이 꽃을 복사한다
찢어질 듯 벌어진 입과 입주름을, 무수한 느낌표가 터
져 나오는 목구멍을, 미세하게 떨리는 목젖을 복사한다

으아는 으아를 복사한다
으아, 으아 감탄과 비명이 복사된다
구름이 구름을 복사해 무거워지고
비가 비를 복사해 함께 추락하고
참나무 잎이 참나무 잎을 복사해 산을 덮듯이
산책로에서 그들은 서로의 환희와 공포를 복사한다

그날 어디선가 폭죽이 터지고, 오월의 햇살이 내리쬐
고, 새끼 뱀이 눈을 뜨고

그늘이 제 몸을 끌고 나무 뒤에 숨고, 지렁이는 왜 아스팔트 위로 기어 와 죽을까

으아리는 왜 메아리가 아닐까

들리지 않는 소리를 들으려고 우리 귀는 한 뼘쯤 자라고

어떤 절정에선 죽음의 냄새가 나기도 한다

작약과 함께

작약이 약은 약인지
저 발그레한 뺨을 보니
나도 시린 어금니에 깨물린 병을 벗어던지고
문득 살아지고 싶은 것이다

　뼈에 바람 들고 살이 식어 구들장만 생각난다는 극노
인들이
　동기를 끼고 양기를 벌충했다는 듯이
　물오른 뺨에 내 여읜 뺨을 대고
　오래 충전하고 싶은 것이다

　그때 바람 살살 불고
　대숲은 초록 띠처럼 무장무장 펼쳐져

　물비늘 튀는 강과 햇살 튀는 우듬지의 잎들이
　두 줄기 강처럼 흘러가다
　은근히 살을 섞는 지점에

햇살은 은어 떼처럼 들끓고
향기는 옷고름으로 풀어지고

분홍, 하양, 자주 꽃들이 햇살 받드는 방석처럼 놓여서
환호작약하는 들판을
팔랑개비처럼 팔 돌리며 달리고 싶은 것이다

개옻나무 저 혼자 붉어

지난봄 숲을 지나온 뒤 우리는 개옻나무의 덫에 걸렸다 혀 밑에 감추어 둔 맹독의 세침에 팔뚝에 붉은 물집이 잡히고 심장의 안쪽이 미친 듯이 가려워질 때 우리는 한숨을 쉬며 저주를 퍼붓고 옻의 귀는 확대경이 불씨를 모으듯 말의 씨앗을 모아 두었다

맨발의 파발꾼이 다급하게 전하는 어떤 밀서를 받았는지 개옻나무 혼자 붉다 벌린 입으로 숨겨 둔 말이 발아하고 수많은 혀가 발화發火한다 발화점을 넘은 말의 덩어리들이 개옻나무에 걸려 있다 독설의 덫에 개옻나무 온몸이 가렵다

아직 엽록에 잠겨 있는 관목 숲
금기의 신목神木인 양 아무도 다가가지 않는다 개옻나무
저 혼자 붉다
저 혼자 발화發話한다

3부
호수 건너기

대나무꽃

십리대숲에 대나무꽃이 피었다
백 년마다 한 번씩 피는 대나무꽃은 행운을 부른다
는데
대나무는 꽃이 피면 죽는다는데
우리의 행운은 대나무의 불운?
몸을 죽여 몸을 살리는 살신성인?
행운과 불운은 해를 삼킨 달?

겨울이 다가오는데 살얼음이 끼는데 쿵쿵 포탄이 터
지는데 찢어진 군복 안쪽으로 애인이 웃고 있는데 애인
의 눈으로 피눈물이 흘러내리는데
갑자기 싱크홀이 나타나고 모든 것이 떨어져 내린다
인큐베이터 안의 눈도 뜨지 못한 아기와 할아버지가
만들어 준 나무 목발과 올리브꽃이 꽂힌 화병과 금박
찬란한 경전 어린 양과 낙타들 하임리히법으로 동전을
토해내고 살아난 사람,

백린탄이 날아다닐 때 구멍에 반쯤 걸쳐진 사람은?

가령 절반이 날아간 집

천장이 날아가고 목욕탕과 부엌만 남은 집과 천장과
안방과 거실만 남은 집은?

두 집을 합쳐 볼까요 요새는 건물도 바퀴를 달아 이
사시키면 된다잖아요

가령 반쪽만 남은 얼굴

왼쪽만 남은 얼굴과 오른쪽만 남은 얼굴을 합쳐 봅
시다

왼쪽 입술이 미소 지을 때 오른쪽 눈도 웃을 수 있을
까요

오른쪽 얼굴이 부딪혔을 때 왼쪽 얼굴도 아파할까요

한여름에 쉼 없이 돌아가는 선풍기처럼 쉼 없이 공장
을 돌려 거시기를 닮은 포탄을 쏟아내며 포탄이 들어가
박힐 구멍을 생각하는 사람 쉼 없이 돈이 복사되니

행운아인가요

11월에 모기가 창궐하고, 모기의 흡혈에 럼피스킨병
도 창궐한다는데

파킨슨병을 닮은 이 병은 발음하다가 혀가 꼬이고
혀가 꼬이듯 소고깃값은 오르락내리락 행운의 무게
도 오르락내리락

24K 행운은 너무 희귀하고 너무 연약해요 니켈과 구
리를 섞어 18K 행운을 만들어요 오후 2시 반의 그림자
처럼

탁자에 놓인 도자기를 본다
대나무꽃이 그려져 있다
행운을 박제해 둔 표면이 매끄럽다
도자기를 쓸던 행운의 손이 바닥을 보여 준다
낙관도 표식도 없는 희디흰 바닥

새벽이 맨발로

맨발로 황톳길을 걷다가
무언가를 밟았어
무언가, 병뚜껑이랄지 사금파리랄지
흙에도 이빨이 있다는 걸 알았지
파상풍 주사도 안 맞았는데
저 날카로운 적의를, 반사

그런 날엔 베개를 껴안고
강아지처럼 꼬리를 늘어뜨리고 돌아다녀
아이섀도를 묻혀 다크서클을 그리고
가장 새로운 표정을 하고
내 꼬리를 밟고 나동그라져 볼까
우아하게, 꽈당

새벽이 맨발로 찾아왔어
쥐가 난 종아리를 붙잡고 쩔쩔매고 있을 때
나는 주전자에 물을 데우고 블랙커피를 홀짝이며
가만히 새벽을 들여다봐

네 발등이 부었구나
어느 개가 깨문 것이냐
내 다크서클이 너한테 가 있구나

우리는 나란히 소파에 앉아 텔레비전을 봐
지금이 낮인 곳도 있겠지
한밤인 곳도 있고
텔레비전 속에서 폭탄이 터지고
건물이 무너지고 누군가 맨발로 걷고 있어
누군가 뒤에 누군가가, 누군가가
한없이 이어지며
폐허를, 물 위를, 하늘을 걷고 있어

소리치고 싶었어
오, 발바닥을 조심하세요
지구의 이빨을 조심하세요
오, 새벽을, 새벽을 조심히 다뤄 주세요

해바라기

우리는 해바라기밭에 가 보았다
해바라기는 말 잘 듣는 아이답게 고개 숙여 인사했다
식당 앞의 공기인형처럼 어서 오세요, 안녕히 가세요

여름이 한 위대한 일은 해바라기 잇몸에 고르게 황금
니가 돋아나게 한 것
그것으로 충분했다
우리는 해바라기 씨를 하나씩 까먹으며 먼 곳의 계절
에 대해 이야기했다
가령 온종일 비가 오는 바닷가에서 우두커니 앉아
해를 기다리는 일

우리 머리는 고개 숙인 해바라기처럼 무거워졌다
그것으로 충분했다

해바라기 머리를 액자에 넣어 현관에 걸면
집 안이 황금 사원으로 변한대
이건 돈을 부르는 인테리어야

고흐의 그림은 냉장고처럼 팔리지
백 개의 그림이 팔려도 백 개가 더 준비되어 있어
현관에 설치된 황금빛 금고처럼
가장 가난했던 화가의 그림이 부를 상징하게 되다니
사실 그건 고흐의 무의식의 표현 아닐까
손끝을 지나, 팔꿈치를 지나, 온몸에 황금 물이 드는
아찔함, 그것으로 충분하지 않았다

해바라기밭에 가 보았다
너무 농익어 실려 가지 못한 아이들의 머리통이 나뒹
굴었다

호수 건너기

술 취한 학생이 공원 호수에서 익사했다는 기사를 읽
는다
가위바위보에서 진 학생은
호수로 들어갔지만 호수를 건너지 못했다
호수를 가장 빨리 건너는 방법은
호수의 이 끝과 저 끝을 구부려 맞닿게 하는 것이다
우주에서 이런 구부러짐을 웜홀이라 한다
우주를 여행하는 가장 빠른 방법이다
이태백은 강에 비친 달을 보고 물에 뛰어든 게 아니다
마침 물 위에 열린 웜홀을 발견한 것이다
지금 이태백은 우주 탐사선 보이저호처럼 태양계를
지나
먼 우주를 향하고 있을 것이다
그 학생도 사실 호수의 저 구부러진 구멍을 발견하고
미끄러져 들어간 게 아닐까
호수를 건너 별들 사이를 여행하며
어깨 너머 지구를 돌아보고 있는 게 아닐까
어릴 때 저수지 수문 위에서 뛰어내린 친구가 있다

내기를 했으나 모두 머뭇거리는 사이
친구는 먼저 몸을 날렸고
아울러 앞니 네 개를 몽땅 날렸다
저수지 수문은 완강했다
웜홀 같은 구멍이 없었다
찾지 못했는지도 모른다
그 용감한지 무모한지 모를 행동엔
어떤 천진함이 있다
이합과 집산을 거듭한 생에 깊어진 주름도
인중 위의 흉터를 지우진 못해
언뜻언뜻 나타났다 사라지는
맹목과 등을 맞대고 있는 저 천진함
저 아득한 구멍

매달린 것들·1
―자두

직박구리 소리를 들으며 자두는
첫눈에 반한 사랑처럼 뺨을 부풀리고
진열대 위에서 달콤한 꿈을 꾸거나
개미와 쥐며느리와 노린재에게 따뜻하게 파먹히기도
하지

둥근 씨앗이 흙에 파묻혀 몽롱해질 때
손을 놓으며 나란히 쪼개지지
그것이 자두의 일생

치마를 둘러쓰고 뛰어내리지 못한 자두는
오래 망설이다 손톱이 너무 자란 자두는
자두나무 빈 가지에 달려 있네
엄마의 치맛자락에 매달린 아이처럼

아이의 손에 끈적거리는 사탕을 쥐여 준 뒤
엄마는 종종걸음으로 인파에 묻히고
아이는 사탕을 꼭 쥔 채 한사코 늙어 가네

철 지난 종이연, 마루 밑에 빠진 구슬
손바닥에 밴 단맛의 기억
배고픈 새 울음처럼 붙잡고

매달린 것들·2
—까치밥

달처럼 높이 매달린 저 몇 개의 감은
위선의 빛깔로 아름다워서
주홍 감은 아침노을 빛으로 찬란해서
새가 콕콕 쫄 때마다 두개골은 불꽃놀이를 하듯 황
홀해서
흘러나온 뇌수를 물끄러미 바라보는 이 아침은

날카로운 못이 내 머리를 관통했을 때
머릿속 전두엽 어딘가를 찌르게 됐는지
나는 세상에서 가장 사나운 개가 되어 달의 뒷면을
물어뜯겠다고 덤벼들었다
은박지의 귀퉁이를 뜯어내 보름과 상현과 초승달을
빚으며
삼킨 은박지를 토해내 하현과 그믐의 그늘을 빚으며
은박지와 그늘의 경계를 지우며

새의 부리는 주홍 감의 껍질을 찢는다
못은 뇌수를 헤집고 송과선을 건든다

거기 씨방이, 오래된 시詩의 방이

과육을 헤집고 문을 두드릴 때마다 숟가락질처럼 자

잘한 영혼의 떨림이

은박지를 구기는 통증이

사구

바람이 밀어 올린 사구의 능선은 밥그릇의 곡선과 닮
아서
낙타를 몰고 가는 카라반의 그림자를 볼 때마다
그림자는 손잡이가 긴 숟가락 같아서
뚜벅뚜벅 걷는 걸음은 하염없이 모래를 퍼 올리는 숟
가락질 같아서

숟가락 밖으로 모래는 줄줄 흘러내리고

벌벌 떨며 흔들거리며 숟가락질하는
밥과 국을 다 흘리며 턱받이를 적시며 숟가락질하는
침대에 나란히 앉아 일제히 멀건 국을 흘리고 있는

뚜벅뚜벅 걷는 발걸음도
낙타 등에 실린 갖가지 짐 모퉁이도

고무줄 터진 병원복처럼 흘러내리며 점점 줄어들고

능선의 그림자는 점점 커지고 커져
마침내 저 허기진 풍경을 꿀꺽 삼켜 버리고 마는데

저이의 발꿈치에 잡힌 굳은살을 가만가만 만져 보
다가
쩍쩍 갈라진 발바닥의 잔금이 지도에도 없는, 모래
밑을 흐른다는 강 같다고 생각하다가

당신은 어느 사막을 걸어온 낙타인가요
눈썹에 어느 별을 걸어 두었나요
어느 시절의 기억을 모래에 묻고 자꾸 빈 두레박질을
하나요

저이는 어느 날 밥그릇과 숟가락을 정히 씻고, 시든
입을 헹구고
유목의 길을 떠났네
발바닥에 새겨진 별자리를 따라 다시 낙타가 되어
갔네

어디서 왔는지 모르는 바람이

바람이 불어왔다
어디서 왔는지 모르는 바람이
처음처럼 불어왔다
바람이 일자 웅덩이에 작은 파문이 일어
대지가 갑자기 눈을 뜬 것 같다

놀이터 그네에 혼자 있는 아이가 보인다
눈가에 푸르스름한 멍이 있다
허벅지 안쪽이나 옆구리에도
지워져 가는 혹은 새로 생긴
시반 같은 흔적이 있을 것이다

바람이, 어디서 왔는지 모르는 바람이
아이 곁에 머물러 있다
머리를 쓰다듬고 옷깃을 여며 주며
여기 봐, 물구나무도 할 줄 안다
낙엽 몇 개를 쓸어 올리며

부은 발을 간질이다

발밑에 마른 꽃 하나를 가져다주며 바람이

그리고 홀연히 어디로 갔는지 몰라 두리번거리는
사이

종탑을 흔들어

선물처럼 종소리를 쏟아낸다, 바람이

이끼

누군가 내 이름을 불러 주면 좋겠어
나는 이렇게 누워 있는데
벽과 침대 사이, 그러니까 바닥과 벽 사이에
절반씩 걸쳐져 있어, 까치발로 걷듯
내 몸에 이끼가 자랐을까
오래전 내가 백팩을 둘러멘 학생이었을 때
인도와 차도를 가르는 포석 사이에 낀 이끼를 기억해
손톱 밑의 검은 때 같았어
오래 흘러내린 눈물 같았어

누군가 내 이름을 불러 주면 좋겠어
오늘 네 통의 문자를 받았는데
두 통의 광고와 두 통의 안내 문자를
지금 명품 운동화를 세일하고 있대, 구십 프로나
단백질 산양유 세일하고 있대, 오십 프로나
나, 나이키 운동화 좋아했네
나, 우유 좋아했네, 산양유 초유도 좋아할 거야
열 켤레의 운동화가 신발장에서 자라고 있네

거꾸로, 거꾸로, 그러니까 뿌리 쪽으로 산양유 쪽으로
내가 일어나 운동화를 신는다면
바닥에 사로잡혀 어쩔 줄 모르겠지
산양유를 잔뜩 먹고 부풀어 오른 이끼가 내 발등을
덮겠지

내일까지 많은 비가 예상되니 주변 배수로를 미리 정비해 주세
요. 하천변, 계곡에서는 야영을 삼가시고 사전 통제된 지역은 출입
을 금지해 주세요.

김아무 씨(86세)를 찾습니다
−172cm, 65kg, 회색 티셔츠, 검정 긴바지, 흰색 운동화, 검정 백팩

저 사람에게 내 신발을 신겨 주고 싶어
그 사람은 내 신발을 신고 공원에 가고 있어
누군가 그 사람의 발을 걸어 넘어뜨려
누군가 주먹을 날리고 피 묻은 손을 옷자락에 닦아
누군가 운동화를 벗겨내고 침을 뱉어

그 사람은 옥상으로 올라가

하얗고 검은 차들이 하얗고 검은 조약돌처럼 옹기종
기 모여 있어

검은 아스팔트가 바다처럼 구부러져

저기 비닐봉지 같은 갈매기가 날아가네

나이에도 이끼가 낀다면 저기 조약돌 같은 차들처럼
반은 검고 반은 흴 거야

누군가 내 이름을 불러 주면 좋겠어

내 몸에 이끼가 자라고 있어 빵 봉지처럼 부풀고 있어

누군가 나를 이끼, 이끼라고 불러 주었으면

어릴 때 동물원에 간 적이 있어

나는 옆의 아저씨를 따라 우끼끼 우끼끼 하고

원숭이는 잇몸을 드러내며 우끼끼 우끼끼

그러니까 우리는 우끼끼 우끼끼, 우끼끼 우끼끼

합창했던 거야

원숭이도 좋아했던 거 같아 잇몸을 드러내고 웃었으
니까

누군가가 나에게 이끼, 라고 부른다면

나는 네, 라고 대답하며 일어날 텐데

아니, 철수야 영희야 럭키야 해피야 쫑쫑아 나비야 우
끼끼 우끼끼

뭐든 좋아 누군가가 나를 불러 준다면

누군가 내 이름으로 살아 주면 좋겠어

신데렐라야, 네 유리 구두는
—부헨발트 수용소*에서

신데렐라는 12시가 넘으면 마법이 사라지지 호박이 뒹굴고 생쥐가 찍찍거리지 너는 재투성이 신데렐라 그러니 뛰어라 핏줄이 솟고 심장이 터질 때까지

심장이 터져도 유리 구두 하나는 남아요 유리 구두는 왜 그대로인가요 왜 변하지 않을까요

그 유리 구두로 네 눈물을 퍼 올리려고 너의 수정 같은 눈알을 담으려고

그러니까 우리는 그 문을 들어섰는데 부헨발트의 문을 그 입구엔 고장 난 벽시계가 있다 미군이 도착한 3시 15분에 멈춘 시계 3시 15분에 시작되는 마법

벗겨진 신발이 있다 반짝거리는 에나멜 구두 튼튼한 모카신 보석이 박힌 하이힐 학생용 단화 목이 긴 장화 손바닥보다 작은 아기 신발 끈이 풀린 운동화 모래를 밟고 싶어 하는 샌들 박차가 달린 통가죽 부츠 통나무처럼 쌓인 잘린 발들

우리는 신발을 찾아 신고 학교에 가고 시장에 가고 산에 오르고 피크닉을 가고 자전거 페달을 밟고 연단

에 서고 운동장을 달리고 바닷가를 거닐고 말을 타고,
싶다, 싶다, 싶다 그러니 마루 밑에 지붕 위에 벽 틈에 나
무 뒤에 숨어서 그들의 손이 닿으면 소금 기둥 돌기둥이
아니라 너는 재투성이 신데렐라 유리 구두 같은 신발만
남아 화덕의 재를 퍼 올린다 눈알을 담아 올린다

　　나는 비석 위의 빨간 꽃을 본다
　　나는 돌무더기 옆에 핀 노란 민들레를 본다
　　나는 그을음이 묻은 화덕을 본다
　　나는 앙상한 너도밤나무 숲을 본다
　　나는 오래된 그림자를 본다
　　나는 그늘에 숨은 아이들을 본다 맨발인 아이들, 머
리를 깎은 아이들, 손톱을 삼키는 아이들, 두리번거리는
아이들, 아직도 아이들인 아이들

　*1937년 독일 바이마르 근교에 세운 나치 강제 수용소. 부헨발트
　는 독일어로 너도밤나무 숲을 의미한다.

거리 두기

우리는 식탁 앞에 우두커니 앉아 있다
집을 짓지 못한 바둑돌처럼 의자는 치워지고
저녁은 싸락눈처럼 식탁 위에 내린다

저녁은 창밖으로 그물을 펼쳐 까마귀를 불러 모은다
까마귀 떼는 전봇줄에 내려앉아 부리와 날개를 맞
대고
발가락을 촘촘히 맞대며 마지막 한기를 견디고 있다
발가락의 온기는 검은 레일을 타고
흐린 하늘을 지나 살얼음 낀 평원을 지나 몽골고원까
지, 시간이 느리게 흐르는 시베리아까지 기어이 건너가
고야 만다

까마귀의 꿈은 시베리아에, 우리는 식탁 한가운데 앉
아 있다
우리의 꿈은 작은 섬 같아서 잡을 손이 없다

열 체크 하세요, 큐알코드 찍으세요, 거리 두기 하세

요, 마스크 벗지 마세요

하세요, 하지 마세요, 하세요, 하지 마세요 속에서
우리는 조심조심 바닷물을 떠먹는다

카운터에서 상자의 손잡이를 돌려 박하사탕을 꺼내
려는데
사탕이 나오지 않는다
사탕은 어디로 갔을까
사탕을 먹을 입들은 어디로 갔을까

누군가 주크박스 앞에서 까마귀 소리를 듣는다
누군가는 벽을 붙잡고 한사코 토하고 있다
꺼윽, 꺼윽, 꺼윽, 까악, 까악, 깍

스물다섯, 이태원

종소리가 울리는 날이었어요
무수한 종소리가 사방에서
팔을 뻗으며 내려왔지요
우리는 종소리를 따라 걸었어요
누구든 손을 잡고 춤추고 싶었어요
거미줄의 미로를 따라 이슬처럼 반짝이고 싶었어요
우리는 가벼웠고 자유로웠고
그뿐이에요

사자와 토끼와 배트맨과 조커와 춤을 추고 싶었어요
고양이와 오리와 무지갯빛 가면을 쓴 사람, 평등, 오
평등
가면 아래서 평등, 날개를 달고

젊음이 칼날이 될 때가 있나요
우리는 왜 발목을 삐었을까요
왜 옆구리를 밟혔을까요
잘린 발목들이 뒹굴고 있어요

왜 우리 손을 잡아 일으켜 주지 않나요

햇살이 독가스처럼 퍼질 때가 있나요
그들은 발목에서 신들을 벗기며
빙빙 신발 끈을 돌리고 있어요
우리는 그저 종소리를 따라 걷고 있었는데
춤추고 싶었는데
그들은 코끼리 코를 하고 제자리를 돌고 있어요
멀뚱멀뚱 시멘트 같은
시멘트 바닥 같은 얼굴을 하고

시월의 꽃

시월의 꽃이 피었네
벚꽃과 진달래가
부활했네
오, 자꾸자꾸 피어나는 꽃
자꾸자꾸 뜨거워지는 발바닥
폭삭 주저앉았네
물속에 오래 있다 나온 입술 빛으로

꽃을 따서 화관을 만들어요
벚꽃 하나에 진달래 하나, 벚꽃 하나에 진달래 하나

시월엔 국화가 예쁘고
─벚꽃도 예쁘고
금목서가 향기롭고
─진달래도 향기롭고

머리에 화관을 쓰고
귀에 꽃을 꽂고

들판에 나가 노래 불러요
어릴 때 비가 오면 골목길을 맨발로 뛰던,
외딴 오두막에 살던,
아이들이 저희들끼리 밥을 먹던, 그 아주머니처럼
꽃들이 미쳐 가고 있어
지구는 한동안 외출 중
꽃들이 꽃들을 뒤집어쓰고
벚꽃이 진달래를 뒤집어쓰고

그래서 짜잔, 준비했어요
백 년이 지나도 변하지 않는 꽃
마네킹의 입술 같은 꽃
한겨울에도 무덤 앞에 핀 꽃

그런데 왜 국화와 금목서는 나란히 손을 잡고 투신하
나요

4부

나비, 나비, 나비

오렌지들

도로 위에 엎드린 사람의 형상을 본다

무엇을 움켜쥐려는지 손을 쭉 뻗었다

철로에 납작 엎드리면 기차는 굉음을 울리며 지나가고 주인공은 무릎을 털고 일어선다 그리고 다른 기차를 잡아타고 대륙을 건넌다 창밖으로 요트가 떠가는 푸른 바다가 펼쳐져 있고, 낯선 항구에서 내린 당신은 삭구를 감아 놓은 기둥에 앉아 증기선을 기다린다

아무래도 저것은 머리를 가격당한 청부업자의 모습이다

면전에서 미소를 날리던 누군가가 배신을 때린 것이다

경찰이 달려오고, 보험사 직원이 달려오고, 지나가던 사람들이 둘러섰다

스프레이로 당신의 윤곽선을 그린 다음 견인차가 당신의 흔적을 지운다

사람들이 흩어지고 이제 당신만 남았다

당신은 도로의 턱을 잡고 일어서려 한다 무릎이 꺾인다

당신의 권총은 어디로 갔을까

당신이 손을 뻗어 잡으려 한 것은 사실 권총이 아니라 한 개의 오렌지다

누구도 눈길을 돌리지 않는 사이 저만큼 굴러간 오렌지가 시멘트의 틈을 찾아 두리번거린다

아니면 당신은 방 안에서 발견될 수도 있다

출입의 흔적이 없는 문을 따고 들어갔을 때

잇몸이 내려앉듯 이불을 덮고 반듯하게 누운 당신은

이 자리가 영영 내 자리라는 듯 등신대의 도장을 남겼다

잊히는 게 소원이라던 당신이 잊히지 않는 자리를 마련하였다

냉장고 안에 상한 오렌지가 있다

상한 오렌지만이 당신의 자리를 지켰다

그래, 이제 당신은 오렌지처럼 앉아 있다

눕는 게 두려워 앉아 있다

어둠이 두려워 당신은 앉아 있다

마침내 눕는 걸 잊었다, 당신은 앉아 있다

당신을 들어낸 방석 위에 남은 둥근 흔적, 두 개의 오

렌지

두 개의 오렌지는 눈물을 흘리지 않는다
두 개의 오렌지는 사라지지 않는다
두 개의 오렌지는 한 개의 오렌지다

학교를 떠나는 구름 씨의 몽상

구름 씨는 캐비닛과 서랍을 정리하고 열쇠를 잠근다
머그잔과 볼펜꽂이와 선인장 화분과 몇 권의 책을 가방
에 넣고 열쇠를 돌려주러 간다

긴 복도가 검다 검은 복도가 구름 씨를 따라왔다 복
도는 펜로즈의 계단*을 닮았다 상승과 하강의 계단을
밟던 아이들이 하나씩 사라져 갔다 유리창 너머로 빈
교실이 보인다 빈 교실에는 열대식물이 자란다 식물의
넝쿨손이 유리창을 긁는다 야자나무 줄기로 에셔의 도
마뱀이 꼬리를 물고 간다 파라솔 아래서 왼손과 오른손
이 서로를 복사하고 있다 사라진 아이들이 시간의 추를
돌리고 있다 시간의 추는 한입 베어 문 사과, 구름 씨는
모자를 들어 사과를 받는다

긴 복도 끝에서 트루먼 버뱅크**를 만난다
같이 가실래요? 복도를 빠져나온 둘은 팔짱을 끼고
운동장으로 나온다
운동장에서 가을을 만난다

가을은 바람 빠진 공처럼 수척하다

　가을은 구름 씨에게 도꼬마리 씨앗 몇 개를 떨구어
준다

　아직 여물지 않아 연둣빛 덩어리다

　트루먼 버뱅크가 연두의 덩어리를 받아 들고 우산을
펼쳐 들고 서풍을 타고 떠난다

　구름 씨는 이제 가을의 손을 잡고 천천히 교문을 빠
져나온다

*처음과 끝 계단이 서로 연결되어 영원히 올라가거나 내려가면서
　계속 제자리로 돌아오게 만드는 계단. 실제 구현은 불가능함.

**영화 〈트루먼 쇼〉의 주인공.

조감도

우리가 새를 사랑하는 것은
한 마을을 사랑한다는 것

부리처럼 솟은 산이 하나 있고
산 옆으로 굽은 강이 흐르는 어느 마을을 사랑한다
는 것

강에는 다리가 하나 있어
두 다리가, 네 다리가, 여섯 다리가 지껄지껄 건너다
니는
은성한 풍경을 사랑한다는 것

저 거룩한 글자는
날개를 활짝 펼친 새의 눈이 바라보는
지구의 한 모퉁이를 상형한 것

다리 이쪽 끝에는 한 사내가 있어
소맷부리에서 새를 꺼내 자꾸자꾸 날리고 있다

새들은 새, 새, 새, 새, 새, 휘파람 소리를 내며
둥근 산의 정수리에 부리를 닦고 날아간다

그러니까 우리는 새와 함께
둥성이로 비스듬히 해가 솟는 어느 마을의
맑은 사기그릇 같은 아침을 사랑한다는 것

잠매潛寐*

잠매란 말에서 잠든 매화를 떠올렸을 때
나비잠이 아닌 매화의 잠에 대하여 생각했을 때
아이는 두 팔을 벌리고 자고, 매화는 저물녘 나팔꽃
이 온몸을 오그리듯 팔다리를 웅크리고 잘 거라고, 웅
크리는 건 자신을 줄여 대지를 펼쳐 보이는 거라고 생각
했을 때

꽃 옆에는 한 쌍의 파랑새가 부리를 맞대고 잠들어
있고
그때 하늘엔 달이 떠 있으면 좋을 테고
공기는 살짝 선선하니 맑고
어디선가 밤꾀꼬리 소리 같은 게 들리고, 그건 쏴쏴
바람 소리나 물소리 같기도 하고
잠든 매화는 태아처럼 꿈을 꾼다, 봉숭아를 따다 꽃
밥을 만드는 어린 소녀가 있고
몰래 학교에 갔다가 여자가 어딜, 종아리를 걷으라는
할아버지가 보이고
오래 기다린 기차를 타고 친정 나들이하는 새색시가

보이고

　포목점 주인이 된 고향 친구를 부러워하며 터벅터벅
걸어오던 부은 발이 보이고

　공터가 보이고, 덩그러니 놓인 초가가 보이고
　초가가 헐리고 기와집이, 기와집 뜰아래 백매 한 그
루가
　한 오백 년 살듯 꽃잎을 하나하나 뜯어내며 서 있다가
　물받이 홈통에 쌀밥처럼 그득 담긴 꽃잎들이 하나씩
하나씩 떠내려가는 것 보이고
　양옥집이 보이고, 양옥집 좁은 마당가에서

　얼굴 가득, 손등 가득 핀 매화꽃을 찬찬히 쓸어 보는
그 여자, 보이고

*지하에 숨어 잔다는 뜻으로, 사람의 죽음을 일컫는 말.

바다로 가는 길

공동묘지에 세워졌다는 학교처럼 늘 비 오는 소풍날
처럼 아파트 지하 주차장을 파낼 때 덜그럭거리는 해골
이 딸려 왔을 수도 어떤 학살의 현장은 조용히 묻혀 버
렸을지도 요새는 형광등 불 아래도 귀신이 나와 할 말
이 많아서 불빛이 무섭지도 않다고

내가 아니라(잠이 많은 나는 좋은 대화 상대는 아
니지)

창을 보고(사람들아, 내 말 좀 들어 보소)

창이 아니라 벽을 보고(그래, 들어 주는 데는 벽이 최
고야, 귀가 없으니까)

내 발밑의 발밑의 발밑에 누워 있다가 벌떡 일어나서
무거운 콘크리트가 짓눌러 잠이 안 와 가위눌린 것처럼
갑갑해, 하소연해대니

귀신에게 자장가를 불러 주어야 할 판

오, 아가야 이건 어쩔 수 없어 오 층 빌라가 재개발하
면 삼십삼 층 아파트가 될 거야 이건 악몽, 그러니 졸피
뎀이나 펜타닐을 줄까 이걸 먹으면 걷다가도 자고 자다
가도 꿈도 없이,

좋겠지 너는 케케묵은 귀신 옷을 벗고 반짝반짝 빛
나는 신참 유령이 될 거야

그러니까 나는 바다로 가고 있었는데 콧노래를 부르
며 걷고 있었는데 바위에 붙은 미역 줄기처럼 여기는 웬
귀신이 이리 많은지 뻘낙지와 망둥이와 달랑게와 쏙과
오색 고둥과 굴삭기에 짓이겨져 곤죽이 된 진흙을 흙손
으로 발라낸 두터운 평장平葬 그래서 바다에는 안개가
평장 위의 수풀처럼 자욱하고 안개 속에서 병뚜껑을 삼
키는 바닷새들 비닐과 스티로폼으로 성찬을 한 저 거북
이는 감기지 않는 눈꺼풀로 인광을 빛내며 여름이 끝난
뒤 누군가 두고 간 낡은 튜브처럼 떠다니네
한평생을, 한평생을

오후에 우리는

우리는 오후를 좋아했다
미루나무 그늘에 앉아 오후를 껌처럼 늘이거나 잘 뭉
쳐서 벽에 튕기며 놀았다

오후는 튀어 오르고 우리는 부활하는 오후를 잡고
저글링을 했다

오후는 발부리를 건드리는 돌멩이 같아서
힘껏 걷어차면 저만치 물러가거나
팔을 크게 휘둘러 던지면 퐁, 퐁, 퐁, 퐁
물 위를 미끄러지면서 달렸다,
우리와 같이 달리면 오후는 항상 한 발짝 뒤에서 따
라왔다

오후는 타조처럼 겅중거리며 숨 한 번 헐떡이지 않고
매점으로 심부름을 다녀오던 상철이 같았다

어느 날 느닷없이 상철이가 죽었을 때

오랜만에 만난 친구들이 악수를 하고 전화번호를 교
환할 때
상철이가 꽃 속에서 수줍게 눈을 내리깔 때

밖으로 몰려나온 우리의 그림자는 어떤 소문이나 미
신처럼 가늘고 길어졌다
모두의 어깨 위에 걸린 오후가 갑자기 무거워지고

우리는 오후를 신고 간다
오후가 우리를 신고 갔던 것처럼

너무 이르게 매화를

매화 축제를 보러 산을 넘었다
굽잇길을 홀로 걷는 사람을 지나치며
저 걸음으론 매화가 떨어질 때 매화밭에 닿을 거라고
낄낄거리다가
터널 속으로 빨려 들어갔다
끊임없이 자동차를 빨아들이는 허기진 배 속으로

눈을 뜨면 매화의 고장이기를 바라며
산의 가슴을 뚫고 지나왔다
희미하게 갈비뼈 울리는 소리를 들었다
거기 분지가, 사람들이, 바람이 웅성거리고
그러나 매화는 자궁 속의 아이처럼 웅크리고 있었다

너무 이르게 도착했다
매화가 천천히 산을 넘을 때
해찰하며 하늘과 들판을 순진한 눈에 담을 때
우리는 짐승의 내장처럼 컴컴한 터널로 미끄러져
바람 들이치는 어느 낯선 고장에 도착한 것이다

돌아본 산의 이마는 생각에 골똘하고
내상을 견디는 입술은 매화 빛으로 차갑고
아무래도 너무 이르게 도착했다
너무 이르게 봄의 비밀을 발설했다
대신 매를 맞고 있는 매, 꽃들

노을 아래서

첫 비행에 나서는 앨버트로스는 날개를 위해 속을 비우는데
호주머니 뒤집어 먼지를 털듯 청어의 잔뼈를 뱉고 바람을 채우는데
그날 온종일 게워낸 것은 묽은 죽처럼 풀어진 노을이다

가볍고 투명하고 반짝거려서
칼날을 숨긴 푸른 꽃을 삼킨 것이다
마침내 하늘을 놓치고 말았음을 바다 끝에서 노을이 올라올 때야 알았다

노을은 어린 고래 한 마리를 실어 왔다
모래 위에 얹힌 고래는 접시에 담긴 초록 젤리 같다
옆구리에 번진 멍이 모랫바닥으로 스며든다

가장 큰 지느러미와 가장 큰 날개가 영문도 모르고 해후하는 저녁

병뚜껑과 폐타이어 조각과 찢어진 어망이

밥통 속에서 부글부글 끓는 저녁

노을은 협죽도 빛깔로 타오르다 조용히 얼굴을 가리

며 물러난다

씀바귀를 꺾다

그 어떤 백색도 백색의 기억만큼 희지는 않다
－윌리엄스

씀바귀는 목 없는 부처처럼 산그늘 좌대에 앉아 있다
발치에 빈혈의 머리가 뒹굴고
목에서 흐른 진액이 손가락을 적신다
씀바귀는 가장 오래된 기억의 현현이다

허기지게 빨아도 나오지 않는 젖에
제 목을 치고 싶은 모성도 있을 것이다
목이 꺾인 불두의 나발에 어린 입을 물리고 싶었던,

씀바귀 잘린 머리는 더 많은 머리를 데리고 왔다
낭자한 머리에서
흰 젖이 솟고 주위가 어두워지고 기묘한 꽃들이 내려
앉으니*

흰색이 죽음을 품었음을 씀바귀가 말해 준다

그 기진한 오후,
젖꼭지에 발린 씀바귀 진액의 기억은

114

텅 빈 손처럼 희다

나비, 나비, 나비

내가 기억하는 매장은 대부분 여름에 이루어졌다
커다란 구덩이는 붉은 눈처럼 뚫려 있어
소금으로 밑간하듯 굵은 땀방울이 먼저 자리 잡고
관을 밀어 넣으면 화룡점정,
대지의 눈동자가 완성되었다

생각에 잠긴 눈동자다
골똘히 바라보는 눈동자다

그러니까 눈동자에 비친 어떤 하늘, 어떤 바다, 어떤
날들은
붉다 흔들린다 날아간다

녹슨 철로 끝에서 하늘이 묵시록의 날처럼 불타오
르고
침목과 자갈이 불타오르고
간이역 창틀과 화단의 샐비어가 불타오르고
그가 불타는 신발을 신고 철로 변을 걷던 열일곱 살

이었을 때
　　나비 한 마리가 불길을 뚫고 날아올랐다

　　나비의 날갯짓에 바다가 밀려왔다
　　처음 본 바다가 눈동자 같다
　　눈꺼풀 없는 눈동자
　　눈꺼풀이 없어 감기지 않는 눈동자
　　팔려 가던 소처럼 물끄러미 바라보는 눈동자
　　트럭에 실린 소처럼 뱃전을 잡고 토하던
　　제주도 뱃길이었다

　　그리고 우리가 너무 일찍 자리에 누운 날
　　혈관을 타고 흘러내린 수액이
　　은밀히 벌레들을 키우고 고치를 짓고
　　어느 날 가슴에서 나비 떼가 쏟아져 나올 때
　　희고 붉고 푸른 색색의
　　나비, 나비들, 먼바다를 건너 철로 위를 맨발로 날아
오를 때

오래전 샐비어 위에서 헐겁게 만날 때

맨발인 하늘, 맨발인 잔디, 맨발인
저 불타는 초록들 위를 손잡고 너울거릴 때

대지가 뷰파인더를 열고 찰칵, 사진을 찍을 때
음화 속에서 우리가 웃고 있을 때

귀의 시간
—신발

신발의 저 우묵한 안쪽은 외이의 그늘이다 신발을 오래 들여다보면 귓바퀴에 걸린 소리의 결이 보인다 잔디와 낙엽과 진흙, 웅덩이와 모래와 아스팔트, 자갈과 서릿길과 얼음, 서걱거리고 부스럭대는 온갖 소리 입자가 신발에 담겨 있다

나무에 바짝 귀를 대고 소리를 듣듯 대지에 온몸을 맡기며 물의 소리를 듣는다 내가 발을 딛는 것은 소리가 겹겹이 쌓인 밑창 덕분이다 가을이 깊어 갈수록 발끝은 더욱 예민해지고 낙엽을 들추는 벌레의 움직임을 듣는다

바닥의 소리를 확인하며 귀를 대던 밑창이 닳아 해졌다 들리지 않던 소리가 쏟아져 들어온다 눈이 멀고 혀가 굳은 뒤 가장 늦게 닫힌다는 귀의 문이 아직 열려 있는 것이다

별이 하나
—니체의 집에서

그곳에서 무엇을 보았냐고 묻는다면
삼월의 눈을 보았다고 하겠네
초봄의 눈이 발자국마다 돋아나
설탕처럼 깔렸다고 말하겠네
잘 구운 사탕과자 같은 갈색 지붕에서
천 개의 눈동자를 보았다고
눈동자들은 우리의 어깨에 묻은 여덟 시간의 시차를
유심히 바라보며
그건 등불의 기름이 졸아드는 시간이라고
등불 아래서 그대는 긴긴 편지를 쓰고
노란 색종이로 별을 접고 있겠지
벽장의 낡은 가죽 구두를 보라색 크로커스에게 신겨
주고
우리가 함께 삼월의 눈 사이를 미끄러져 갈 수 있다면
오, 누이여 너의 몸이 눈물처럼 녹아내릴 때
나는 별 하나를 나뭇가지에 걸어 두겠어
곡예사처럼 공중에 매달린 별
저것은 별의 승천인가 몰락인가

못 위에 넥타이를 걸듯 목을 걸었던 사람은
중력에 사로잡힌 것인가 초월한 것인가
크로커스 위에 삼월의 눈이 내릴 때
눈송이마다 은방울꽃 같은 설강화가 필 때
말해 보겠네, 겨울과 봄을 통 안에 넣고 마구 굴려
눈을 감고 집어내는 어떤 손에 대하여
별의 입자 사이를 빠져나가는 바람의 머리칼에 대
하여

유리창으로 들여다보는

가령 달,
저 거대한 퀴클롭스의 외눈이 나를 향해 윙크하는데
먼바다가 움찔하는데
내 발가락이 가늘게 떨리는데

가령 구름,
구름의 눈동자는 투명해서 잘 들키지 않는다
선글라스를 씌워 주고 싶다
둥실 검은 비닐봉지가 떠올라 유영할 때 재빨리 눈을
갖다 댄다
그 찰나에 우리는 서로 바라보았다
구름의 눈동자는 여전히 투명하다
맹목이다
나는 구름 앞에서 옷을 벗기로 한다

가령, 태풍이 불던 날 창틀에 앉은 매
외투는 흠씬 젖었는데 노란 발목은 매끄럽고 반짝거
린다

문을 열어 준다면 매는 유리창 안으로 들어왔을까
순순히 발목에 번호표를 붙였을까
매를 따라 들어온 바람의 칼날이 순하게 구부러졌
을까

그리고 어떤 말벌은 오래전 집을 찾아 기웃거린다
머릿속에 어떤 좌표가, 별의 눈동자가 새겨진 것이다
신기루 같은 것이 유리창 안쪽을 들여다본다
거기 잃어버린 유충이 있다는 듯이
온 힘을 다해 껴안을 듯이

구름 씨의 여행

바람의 방향이 바뀌었다 여행하기 좋은 날이다 구름 씨가 그녀의 가방을 챙긴다 칫솔과 속옷 두어 벌, 슬리퍼, 모두 방금 닦은 이처럼 반짝거린다 삶이 문득 슬리퍼를 신고 오르는 산이라면 혹은 슬리퍼를 신고 오르는 배라면,

사람들은 모두 하얀 배에 고립되어 수건을 흔들고 있다 오랜 파도를 헤치고 오느라 반쯤 물고기로 변해 있다 다리에 비늘이 돋았다 구름 씨는 그녀를 배 밑바닥에 눕힌다 그녀의 다리에도 비늘이 돋았다

배는 느리게 나아간다 나아간 거리보다 더 멀리 되돌아오기도 한다 골목과 자두나무와 우물과 은하수와 반딧불이와 모깃불과 장터와 운동장과 타작마당이 보인다 하얀 길이 있다 우는 아이가 있다 불타는 태양이 있다 구름 씨는 자두나무에 오른다 나무 아래 우는 아이가 있다 조그만 그녀,

그녀를 달래는 엄마가 있다 그녀에게도 엄마가 있었다 그녀의 엄마는 더 작아서 기억을 빠져나간다 기억을 빠져나간 기억은 어디를 돌아다니고 있을까 기억을 빠져나간 기억을 빠져나간 기억은 돌아오지 않을까 구름 씨는 그녀의 종아리에 비늘을 털어낸다

바람의 방향이 다시 바뀌었다 여행하기 좋은 날이다 구름 씨는 조그만 그녀의 손을 잡고 하얀 길에 서 보았다 길은 이쪽으로도 저쪽으로도 끝이 없다 기억의 끝에서 손을 놓는다 길이 둥글다면 스치듯 만나질 것이다 구름 씨는 가방을 챙긴다 칫솔과 속옷과 슬리퍼를 넣는다 조금씩 낡아 있다

가령 절반만 남은
이태백, 지렁이, 개옻나무

양순모

가령 절반만 남은
이태백, 지렁이, 개옻나무

양순모(문학평론가)

1. "나는 죽도록 살아야 한다고 생각한다."[1]

그렇다. 죽도록 살아내어야 한다. 저마다에게 주어진 목숨을, 삶을 죽도록 살아내야 한다. 한 번뿐인 삶, 그 누구의 삶도 아닌 나의 삶, 되도록 죽도록 최선 다해 살고 싶다. 그것이 마음처럼 되지는 않겠지만 그래도, 그래도 그렇게 살아 보고 싶다. 또 그렇게 살아야만 할 것만 같다.

그런데 조금 석연치가 않다. 저 죽도록 살아내었으면 하는 '삶'이란 무엇일까. 조금 터무니없는 질문일지 모르겠지만 새삼 묻지 않기도 어려운 것이, 우리네 욕망과 의무의 대상이 되는 저 삶이란 무엇이란 말인가. 너무도 구체적이지만 또한 동시에 너무도 추상적인 저 삶이란 도대체 무엇이란 말인가.

아마도 무한한 것이기에, '생각한다'의 주어인 '나'의 대상이 되는 저 나의 삶은 무한한 것이기에 이를 규정하

---

1 에밀 시오랑, 「서정적인 너무나 서정적인」, 『해뜨기 전이 가장 어둡다』, 김정숙 옮김, 챕터하우스, 2013, 8쪽.

기란 애초부터 불가능한 것일지 모른다. 생각해 보면 죽음이야말로 무한하기에, 즉 죽음이라는 타자의 타자성은 우리의 유한한 상상과 삶의 영역을 거뜬히 벗어나는 것이기에 애초에 저 다짐에 가까운 문장은 성립 불가능한 것이었을지 모른다. 아니 우리를 부지불식간에 억압하는 어떤 당위 명제였을지 모른다.

그러나 "나를 충만하게 느끼는 것, 내면의 무한대와 극도의 긴장을 이겨내는 것, 그것은 죽을 만큼 산다고 느낄 정도로 강렬하게 사는 것"[2]일 수 있다. 삶과 죽음은 무한하지만, 그럼에도 그것들은 분명 유한한 우리와 더불어 존재하는 유한한 무한, 유한한 삶과 죽음 아니었던가. 그렇기에 우리는 저마다의 품과 높이, 깊이를 통해 저 유한한 무한을 상대한다. 비록 우리가 '운명'이라는 무한을 상대해내는 그런 비극 속 위대한 영웅은 되지 못할지라도, 우리는 우리 내부의 운명을, 극도의 긴장으로 가득 찬 내면의 무한대를 외면하지 않고 충만하게 느껴넘으로써, 무한한 삶과 죽음을 살아낼 수 있다. 죽도록 살 수 있다.

여기 무한한 '나'를 충만하게 느끼는 일, 내면의 무한

---

2 위의 글, 7쪽.

대와 극도의 긴장을 이겨내는 일, 이를 절절하고도 충실하게 해내는 한 시인이 있다. 그는 유한한 무한일 "열두 가지 색 안"에서 "열두 개의 심장"(「화분」)을 발견하는 시인, 열두 개의 심장으로 열두 개의 삶을 살아내는 시인. 그런 시인이기에 그는 바람 든 무 "껍질과 칼의 경계에 돋는 소름"(「무」)을 느끼며, 무無 안에 새겨진 죽음과 무한의 바람을 마주한다. 그리고 오롯이 견뎌낸다.

그렇다. 진정 시인이라면 이러한 마주침을, 긴장과 소름을 충실히 견뎌내야 한다. "주검의 유혹은 너무 강"하지만, "바다가 끈질기게 따라"오지만, 시인은 "천천히 무릎을 꿇고/오래된 바다를 토해"(「끓다」)내야 한다. 시인의 일이란 응당 "얼굴 없는 바람에 얼굴을 그려 주는 것", 그리고 저 "바람 앞에 목을 내미는 것"(「꽃의 머리채를 잡아 흔드는」). 그렇다면 우리는 충분한 준비가 되었을까. "서정성의 진정한 가치는 그것이 오로지 피와 진정성과 불꽃이라는 데" 있다면, 그러니까 서정이란 그야말로 "야만적"[3]이 아닐 수 없다면, 우리는 진정 준비되었을까. 열두 개의 심장을 가진 시인의 야만과 더불어 과연 우리는 우리의 야만을 견디고 살아낼 준비가 되었을까.

---

3   위의 글, 11쪽.

2. 맹목과 등을 맞대고 있는 저 천진함 저 아득한 구멍

'무엇'을 향하든 질문은 이제 '어떻게'를 향하지 않을 수 없다. 대체로 우리 "인간들은 그렇"기 때문이다. 그러니까 우리로 하여금 "당신(시인: 인용자)을 믿게 하려면, 당신이 가지고 있는 모든 것뿐만 아니라 당신 자신조차도 포기해야" 하기 때문이다. 그렇다. 우리는 시인 "당신의 신념이 믿을 만한 것이라는 보증으로 당신의 죽음을 요구"한다. 우리들은 "피를 흘리며 쓴 작품 앞에서 감탄을 아끼지 않는"바, 안타깝게도 이를 통해 우리는 "자신들의 고통을 면제해 주거나 혹은 면제할 수 있다는 환상"을 품고 있기 때문이다.[4]

삶을 죽도록 살아내야 하는 과제 앞에서, 대개의 우리는 시인을 희생양 삼으며 그 과제를 유예하거나 망각하는 기술을 제법 정교하게 만들어 온 셈이다. 무한을 욕심내지만, 감히 이를 상대해내지 못하는 우리는 무모한 누군가에 의해 자행된 자명한, 처절한 실패만을 보고자 하는 것일지도 모른다. 그런 희생과 더불어 우리는 적정의 감탄과 죄의식만으로도 불가능해 보이는 저 과제를 거뜬히 피해 갈 수 있기 때문이다.

---

4 에밀 시오랑, 「예수의 변절」, 위의 책, 173쪽.

그렇기에 우리는 고인 피로 퍼렇게 멍든 시인의 시집을 목전에 두고 반드시 물어야만 할 것 같다. 우리는 어떻게 시인처럼 멍들 수 있는 것인가. 우리는 어떻게 시인처럼 듣고, 느끼고, 견뎌낼 수 있는 것인가. 도대체 시인은 어떻게 내면의 무한대를, 그 극도의 긴장을 견뎌낼 수 있던 것인가. 서정을 향한 시인의 절절함과 충실함은 어떻게 가능한 것인가.

술 취한 학생이 공원 호수에서 익사했다는 기사를 읽는다
가위바위보에서 진 학생은
호수로 들어갔지만 호수를 건너지 못했다
호수를 가장 빨리 건너는 방법은
호수의 이 끝과 저 끝을 구부려 맞닿게 하는 것이다
우주에서 이런 구부러짐을 웜홀이라 한다
우주를 여행하는 가장 빠른 방법이다
이태백은 강에 비친 달을 보고 물에 뛰어든 게 아니다
마침 물 위에 열린 웜홀을 발견한 것이다
(중략)
어릴 때 저수지 수문 위에서 뛰어내린 친구가 있다
내기를 했으나 모두 머뭇거리는 사이
친구는 먼저 몸을 날렸고

아울러 앞니 네 개를 몽땅 날렸다

저수지 수문은 완강했다

웜홀 같은 구멍이 없었다

찾지 못했는지도 모른다

그 용감한지 무모한지 모를 행동엔

어떤 천진함이 있다

이합과 집산을 거듭한 생에 깊어진 주름도

인중 위에 흉터를 지우진 못해

언뜻언뜻 나타났다 사라지는

맹목과 등을 맞대고 있는 저 천진함

저 아득한 구멍

—「호수 건너기」 부분

웜홀, "저 아득한 구멍"을 향해 이태백은 천진난만하게 물에 뛰어들었다. 강에 비친 달 때문이 아니라, 우주를 여행하는 가장 빠른 방법인 웜홀을 향해 시인은 투신한 것이다. 비록 그것이 용감을 넘어 무모한 무엇으로 보일지라도, 가만 생각해 보면 "생에 깊어진 주름도" 천진함으로 생긴 "인중 위의 흉터를 지우진" 못하는 법이다. 흔하고 과한 것은 외려 "충분하지 않"다(「해바라기」). 결코 사라지지 않는, "언뜻언뜻 나타났다 사라지는" 저 천진함, 그것은 삶의 곳곳에서 나타나는, 무한에 다름 아닐 아득한 구명을 '웜홀'로서 상상해내고, 그곳을 향해 그 자신을 뛰어들게끔 한다.

　그곳에서 "오후는 튀어 오르고 우리는 부활하는 오후를 잡고 저글링"(「오후에 우리는」)을 할 수 있다. "얼굴 피자"(「피자 가게 앞에서」)를 주문하고, 행운의 "종이비행기"(「행운의 편지」)를 날리며, "무지개의 뿌리"(「창窓」)에서, 휴지로 만든 "새"가 휴지로 만든 "장미"를 입에 물고 날아가는 것을 볼 수 있다(「휴지의 쓰임새」). 그야말로 환상의 세계. 물론 이 세계는 그 배면에서 깊은 슬픔과 우울을, 어둠을 직접적으로 환기하고 있지만, 그럼에도 시인과 독자는 이곳에 좀 더 머물고 싶다. 어쩌면 그곳은 우리를 최소한으로 견디게끔 만들어 주는 환상이며 분명 실재하는 매력적인 또 다른 세계처럼 보이기 때문이다.

　　　　그늘의 그늘에 앉아 나도 물속을 들여다본다
　　　　사라진 꽃들이 다 거기 있다
　　　　물속엔 기왓골에 꽃잎 가득 내려앉은 작은 집이 있고
　　　　돌담 가운데 반쯤 열린 쪽문이 있고
　　　　쪽마루 아래 반듯한 댓돌이 있고
　　　　댓돌 위에 썻은 듯한 하얀 고무신 있고
　　　　고무신 속 벚꽃잎 그득그득하고

나는 그 고무신에 내 발을 맞춰 보고 싶다

연못을 한 바퀴 돌아온 오리 가족이

어미 오리와 하나, 둘, 다섯 마리의 새끼 오리가

그늘 속으로 자맥질한다

그늘의 그물 속으로 갇힌다

벚꽃은 둥근 소반 위 사기그릇처럼 반짝거리고

댓돌과 쪽문과 기왓골은 둥글게 둥글게 번지고

이건 어느 봄날 오후의 일

그늘의 그물이 꽃잎을 슬그머니 풀어 놓는 것도 봄날
오후

핏물 번지듯 꽃들이 물주름을 따라 둥글게 둥글게

　　　　　　　　　　—「꽃잎이 둥글게 둥글게」 부분

　저 아득한 구멍은 시인의 천진함과 더불어 아주 오래
된, 근원적인 우리의 환상으로 현상한다. "사라진 꽃들
이 다 거기 있다", "물속엔 기왓골에 꽃잎 가득 내려앉
은 작은 집이 있고", 그리고 "오리 가족"이, "얼굴 가득, 손
등 가득 핀 매화꽃을 찬찬히 쓸어 보는 그 여자"(「잠매」)
가 있다. 그렇다. 엄마가 있다. 아마도 '나'라는 것이 존재
하기도 전, 하나로 함께 존재하던 그런 엄마. 세상 이전
의 엄마, 나 이전의 엄마. 그러니까 나와 세상이 분리되
기 이전의 시공간이자 절대적인 무엇으로서 엄마. 이처

럼 천진함은 '나'로 하여금 '나' 이전의 세계로, 아주 달콤한 꿈 그리고 깊은 잠과 같은 엄마에게로 시인을 안내한다.

그리고 우리는 "그늘의 그물 속으로 갇"히는 시인을 마주한다. "치마를 둘러쓰고 뛰어내리지 못한 자두"처럼, "오래 망설이다 손톱이 너무 자란 자두"처럼, "자두나무 빈 가지에 달려" 있는 시인을 발견한다. 그러니까 우리는 "엄마의 치맛자락에 매달린 아이"로서의 시인을, "사탕을 꼭 쥔 채 한사코 늙어" 가는(「매달린 것들·1-자두」) 아이로서의 시인을 발견한다.

"아직 여물지 않아 연둣빛 덩어리"(「학교를 떠나는 구름 씨의 몽상」), 그러나 너무도 생생하고 살아 있는 듯한 무엇. 어쩌면 이곳이야말로 진정한 세계, 진정한 '나'가 될 수 있는 세계가 아닐까 싶기도 하지만, 그러나 우리는 "이제 가을의 손을 잡고 천천히 교문을 빠져"(「학교를 떠나는 구름 씨의 몽상」)나와야만 한다. 퇴행과 죽음의 매혹에서 벗어나지 않는다면, 그곳엔 결국 '나'도, '세계'도 존재할 수 없는 까닭이다. "사탕을 꼭 쥔 채 한사코 늙어" 가는, 엄마의 치맛자락에 매달린 늙은 아이는 살아 있는 것도, 죽은 것도 아닐 것이다.

그러므로 우리는 그늘의 그물로부터 벗어나 "저녁이 저 녘으로 나를 이끄는 것을 힘겹게 깨닫고 몸을 돌"

(「저녁의 발자국」)려야만 한다. "오후가 우리를 신고 갔던 것처럼", "우리는 오후를 신고" 가야 한다(「오후에 우리는」). 무한한 삶과 죽음에 파묻혀 그것을 환상적으로 향유할 것이 아니라, '나'로서 그것을 살아내야 한다. 죽어 살거나 혹 살아 죽는 것이 아니라, 죽도록 살아내야 한다.

3. 가을이 깊어 갈수록 발끝은 더욱 예민해지고

웜홀의 세계는 분명 매혹적이다. "즐거워라, 이쪽과 저쪽을 컹컹 부유하는 일"(「틈」). 만약 어떤 통제가 가능하기만 하다면, 그렇게 안전하게 소위 현실과 웜홀의 세계를 오갈 수 있다면, 더없이 좋을 것이다. 심연의 구멍은 더없이 사랑스런 무엇일 것이다. 그러나 우리는 죽도록 살기 위함이었던 것이지, 죽기 위해서가 아니었다. "어떤 절정에선 죽음의 냄새가"(「으아리라는 꽃」) 여지없이 난다고 한다면, 우리는 천진함을 넘어 다른 방법과 태도로 저 웜홀을 통과해야 한다.

그래, 지렁이가 있었지
지렁이가 꽃잎에 둘러싸여 있었지
갑자기 많은 꽃이 피고
갑자기 많은 비가 내리고

고장 난 계기판처럼 모두 빠르게 달리고

그리고 지렁이가 이 미친 속도를 끝장내겠다는 듯
문득 멈추어서
몸을 쭈욱 펴며 최대한 늘이며
오월의 저 속도를 막아서는 바리케이드를
발끝에 툭, 던져 놓는 것이다
—「오월은 너무 빠르게」 부분

이로써 "지렁이는 왜 아스팔트 위로 기어 와 죽을까"
(「으아리라는 꽃」)라는 질문은 시인과 우리 모두에게 중
요해진다. "꽃잎에 둘러싸여" 있던 지렁이, 오월의 세계
에 도취되어 있었을 법한 지렁이는 문득 "이 미친 속도
를 끝장내겠다는 듯" 스스로의 "몸을 쭈욱 펴며 최대한
늘이며" 스스로를 '바리케이드'로 만든다. 좀 더 머물고
싶어서일까. 환상적 세계를 좀 더 지켜내고 싶어서일까.
아니면 "문득 살아지고 싶은 것"일까. "환호작약하는 들
판을/팔랑개비처럼 팔 돌리며 달리고 싶은 것"(「작약과
함께」)이었을까.
"그러니까 나는 바다로 가고 있었는데 콧노래를 부
르며 걷고 있었는데 바위에 붙은 미역 줄기처럼 여기
는 웬 귀신이 이리 많은지" 그리고 이 귀신들 거듭 나에

게 "하소연해대니"(「바다로 가는 길」), 까닭에 시인은 그곳에 그저 머무를 수가 없다. 그러니까 저 오월이 이를테면 해마다의 오월이 아니라 그간의 '나'와 '우리'를 만들어 온 80년 오월이라면, 천진함과 매혹은 분노와 슬픔, 공감과 애도의 무엇으로 변화하지 않을 수 없다. 어느덧 매혹의 환상적 세계에는 "들리지 않던 소리가 쏟아져 들어온다 눈이 멀고 혀가 굳은 뒤 가장 늦게 닫힌다는 귀의 문이 아직 열려 있는 것이다"(「귀의 시간 —신발」).

그러니까 우리는 그 문을 들어섰는데 부헨발트의 문을 그 입구엔 고장 난 벽시계가 있다 미군이 도착한 3시 15분에 멈춘 시계 3시 15분에 시작되는 마법

벗겨진 신발이 있다 반짝거리는 에나멜 구두 튼튼한 모카신 보석이 박힌 하이힐 학생용 단화 목이 긴 장화 손바닥보다 작은 아기 신발 끈이 풀린 운동화 모래를 밟고 싶어 하는 샌들 박차가 달린 통가죽 부츠 통나무처럼 쌓인 잘린 발들

우리는 신발을 찾아 신고 학교에 가고 시장에 가고 산에 오르고 피크닉을 가고 자전거 페달을 밟고 연단에 서고 운동장을 달리고 바닷가를 거닐고 말을 타고, 싶다, 싶다, 싶다 그러니 마루 밑에 지붕 위에 벽 틈에 나무 뒤에

숨어서 그들의 손이 닿으면 소금 기둥 돌기둥이 아니라
너는 재투성이 신데렐라 유리 구두 같은 신발만 남아 화
덕의 재를 퍼 올린다 눈알을 담아 올린다
　　　—「신데렐라야, 네 유리 구두는—부헨발트 수용소에서」
　　　　　　　　　　　　　　　　　　　　　　부분

　　사자와 토끼와 배트맨과 조커와 춤을 추고 싶었어요
　　고양이와 오리와 무지갯빛 가면을 쓴 사람, 평등, 오
평등
　　가면 아래서 평등, 날개를 달고

　　젊음이 칼날이 될 때가 있나요
　　우리는 왜 발목을 빼었을까요
　　왜 옆구리를 밟혔을까요
　　잘린 발목들이 뒹굴고 있어요
　　왜 우리 손을 잡아 일으켜 주지 않나요
　　　　　　　　　　　　　　—「스물다섯, 이태원」 부분

　"신발의 저 우묵한 안쪽은 외이의 그늘"이다. 그래서
"신발을 오래 들여다보면 귓바퀴에 걸린 소리의 결이 보
인"다(「귀의 시간—신발」). 그렇게 시인은 그가 오래 들여
다본 신발들에서 "잘린 발들", "잘린 발목들"의 소리를

듣는다. 그 가운데 시인은 안타깝게 죽은 이들의 눈빛을, 목소리를 담아 올린다. 마치 꼭 "지렁이가 이 미친 속도를 끝장내겠다는 듯/문득 멈추어서/몸을 쭈욱 펴며 최대한 늘이며/오월의 저 속도를 막아서는 바리케이드를/발끝에 툭, 던져 놓는 것"(「오월은 너무 빠르게」)처럼.

이로써 매혹의 웜홀은 어느덧 고통과 절규의 웜홀이다. 시인과 우리는 매혹의 웜홀을 빠져나와 새로운 국면에 다다른 것이다. 그렇게 우리는 시인과 더불어 "문을 나와/(또) 다른 세상으로 가"기 위해 "자줏빛 구름 속을" 지나게 되는바, "자주색은 황제의 망토, 교황의 법의, 가시관 아래 흘린 피", "방패와 창이 부딪치고 누군가의 칼이 어깨를 내리"치는 가운데(「멍」) 어느덧 "팔꿈치 안쪽에 실핏줄이 터지듯 천천히 멍이 드는 저녁"(「무」)이다. 이처럼 무한의 내면 안에서 세계와 타자의 고통은 '나'의 고통으로 전이되며 시인을 퍼렇게 멍들게 하지만, 그럼에도 이토록 시퍼런 저녁의 시공간은 비록 고통의 세계이지만 분명 그 이전의 위험한 '오후'를 통과한, 시인이 성취해낸 '저 녘' 아닌 '저녁'의 세계(「저녁의 발자국」)이다.

> 능선의 그림자는 점점 커지고 커져
> 마침내 저 허기진 풍경을 꿀꺽 삼켜 버리고 마는데

저이의 발꿈치에 잡힌 굳은살을 가만가만 만져 보다가
쩍쩍 갈라진 발바닥의 잔금이 지도에도 없는, 모래 밑
을 흐른다는 강 같다고 생각하다가

당신은 어느 사막을 걸어온 낙타인가요
눈썹에 어느 별을 걸어 두었나요
어느 시절의 기억을 모래에 묻고 자꾸 빈 두레박질을
하나요

저이는 어느 날 밥그릇과 숟가락을 정히 씻고, 시든 입
을 헹구고
유목의 길을 떠났네
발바닥에 새겨진 별자리를 따라 다시 낙타가 되어 갔네
―「사구」 부분

환상의 웜홀을 통과해 고통과 절규의 웜홀에 도달한
시인, 그곳에서 시인은 거듭 나아가는 듯하다. "멍이 들
었다는 건/내가 어딘가 움직여 갔다는 것", "누군가와
싸웠다는 것"(「멍」). 멍든 시인은 계속해서 나아가고 계
속해서 멍이 든다. 엄마라는 죽음의 매혹을 떨쳐 나선
시인은 "어느 시절의 기억을 모래에 묻고 자꾸 빈 두레
박질"을 하며, "유목의 길을" 떠나는 듯하다. "내가 발을

딛는 것은 소리가 겹겹이 쌓인 밑창 덕분"(「귀의 시간—
신발」)이므로 시인은 걷는다. "발바닥에 새겨진 별자리
를 따라" 걷고, "귀를 대던 밑창이 닳아 해"질 때까지 걷
는다. "들리지 않던 소리가 쏟아져 들어"올 때까지, "귀
의 문이" 활짝 열릴 때까지(「귀의 시간—신발」). 시인은
자꾸 걷고, 자꾸 멍이 든다. 어쩌면 시인, 온몸이 시퍼레
져 저녁과 구별 불가능해 보인다.

4. 심장의 안쪽이 미친 듯이 가려워질 때 우리는 한숨을 쉬며 저주를 퍼붓고

발을 붙잡는 건
소쿠리에 담긴 고구마처럼 무럭무럭 빨간 김을 올리는
봉숭아, 봉숭아, 봉숭아 세 포기

한 상자에 삼만 원, 오만 원
환금의 유용성이 이제
무용하게 되었다, 저 빨강!
용용 죽겠지 용용 죽겠지
곧 날아갈 듯 날아갈 듯 머뭇거리는 나비처럼

빈손이다

그 나비 붉은 혀 쏙 내밀며

용용 죽겠지 용용 죽겠지

　　　　　—「텃밭에 봉숭아가 용용 죽겠지」부분

　걸으며 멍들던 시인, 어느덧 발이 붙잡히며 멈춰 선다. "고구마 심겼던 텃밭에"서 자란 봉숭아, "환금의 유용성"과는 거리가 먼 "무용"한 봉숭아가 시인의 발을 붙잡는다. 그런데 "거기 씨방이, 오래된 시詩의 방이/과육을 헤집고 문득 두드릴 때마다 숟가락질처럼 자잘한 영혼의 떨림이/은박지를 구기는 통증이"(「매달린 것들·2—까치밥」) 있다. 여름의 봉숭아가 가을과 저녁의 발걸음을 멈춰 세우고, 그런데 그곳에 '오래된 시의 방'이 있고, 시인은 이를 터트려 시를 쓴다. 요컨대 죽음의 매혹을 담은 그 원초적 환상을 시인은 환기하고 또 이를 터트려 안전하고 아름답게 간직하며 떠나보낼 수 있는 그런, 애도의 시를 쓸 수 있다.

　걷지 않으면 매혹의 세계에서 빠져나올 수 없고, 걸으면 자꾸 멍이 들었다. 그러나 여름과 가을 사이의 긴장, 오후와 저녁 사이의 긴장 가운데 시는 터져 나오는 바, 매혹과 절규 사이, 환상과 윤리 사이에서 탄생한 시들이 매혹의 세계를 애도하고, 나아가 타자의 절규 또한 애도할 수 있다. 죽음의 매혹과 피 고이는 고통의 시간들은 이처럼 비로소 시와 더불어 조금 견뎌낼 수 있는 무엇일 수 있는 것이다. 즉 내면의 무한과 극도의 긴장은 표현되는 시와 더불어 조금 견딜 만한 무엇이 될 수 있는 것이다. "나는 세상에서 가장 사나운 개가 되어 달의 뒷면을 물어뜯겠다고 덤벼들었다", "새의 부리는 주홍 감의 껍질을 찢는다/묻은 뇌수를 헤집고 송과선을 건든 다"(「매달린 것들·2-까치밥」). 그리고 그곳에서 시가 터져 나온다.

지난봄 숲을 지나온 뒤 우리는 개옻나무의 덫에 걸렸다 혀 밑에 감추어 둔 맹독의 세침에 팔뚝에 붉은 물집이 잡히고 심장의 안쪽이 미친 듯이 가려워질 때 우리는 한숨을 쉬며 저주를 퍼붓고 옻의 귀는 확대경이 불씨를 모으듯 말의 씨앗을 모아 두었다

맨발의 파발꾼이 다급하게 전하는 어떤 밀서를 맡았는지 개옻나무 혼자 붉다 벌린 입으로 숨겨 둔 말이 발아하고 수많은 혀가 발화發火한다 발화점을 넘은 말의 덩어리들이 개옻나무에 걸려 있다 독설의 덫에 개옻나무 온몸이 가렵다

아직 엽록에 잠겨 있는 관목 숲

금기의 신목神木인 양 아무도 다가가지 않는다 개옻
나무
저 혼자 붉다
저 혼자 발화發話한다
―「개옻나무 저 혼자 붉어」 전문

멈춰 선 시인, "개옻나무의 덫"에 걸려 어느덧 "저 혼
자 붉은, "저 혼자 발화"하는 개옻나무가 되었다. 그러니
까 멈춰 선 "맨발의" 시인 환상과 타자의 말들을, 즉 "숨
겨 둔 말이 발아하고 수많은 혀가 발화"하는 것을 듣지
만, "발화점을 넘은 말의 덩어리들이 개옻나무에" 걸려
"독설의 덫에 개옻나무 온몸이 가렵다". 시는 구원인가,
아니면 또 다른 고통인가. "나무가 뿜어내는 음音의 알
갱이마다/복사된 지구가, 커다란 측백나무가, 길 끝에"
(「측백나무에 별이」) 안개처럼 맺히는바, 분명 '시인-개
옻나무'에 맺히는 말들은 아름다운 것이 아닐 수 없지
만, 시인의 고통은 끝날 가망이 없어 보인다. 이쯤 되면
죽도록 살아야 한다고 생각한 것이 얼마나 무리한 일인
지 새삼 깨닫게 되는 것 같기도 하다.

그러나 천진한 오후의 놀이에서부터 시퍼런 저녁의
걷기를 거쳐 개옻나무처럼 멈춰 선 시인의 시 쓰기가 죽
음의 매혹보다, 피멍 든 고통보다 조금은 견딜 만한 무엇

이자, 더불어 '의미' 있는 무엇으로 느껴지지 않을 순 없을 것이다. "온몸이 가렵"지만, "저 혼자 붉"어, "저 혼자 발화"하지 않을 수 없지만, 그럼에도 "심장의 안쪽이 미친 듯이 가려워질 때" 충실히 모은 "말의 씨앗"은 우리를 죽도록 살 수 있게끔 해 주는 서정시로 변환될 수 있기 때문이다. 그렇다. 삶의 고통을 충실히 통과한 이에게만 서정시는 스스로를 내어 준다. 애초에 죽도록 사는 삶이 불가능한 무엇으로 상정되었던 것을 생각해 보면, 이러한 고통은 어쩌면 가능할 것 같기도 하다. 견딜 만한, 견뎌내고 싶은 무엇일 수도 있을 것 같다.

곡예사처럼 공중에 매달린 별
저것은 별의 승천인가 몰락인가
못 위에 넥타이를 걸듯 목을 걸었던 사람은
중력에 사로잡힌 것인가 초월한 것인가
크로커스 위에 삼월의 눈이 내릴 때
눈송이마다 은방울꽃 같은 설강화가 필 때
말해 보겠네, 겨울과 봄을 통 안에 넣고 마구 굴려
눈을 감고 집어내는 어떤 손에 대하여
별의 입자 사이를 빠져나가는 바람의 머리칼에 대하여
　　　　　　　　　　　—「별이 하나—니체의 집에서」 부분

"곡예사처럼 공중에 매달린 별/저것은 별의 승천인 가 몰락인가" 혹은 "못 위에 넥타이를 걸듯 목을 걸었 던 사람은/중력에 사로잡힌 것인가 초월한 것인가"와 같 은 물음 앞에서 우리는 씁쓸하지만 그것들이 '몰락'이 고 '중력에 사로잡힌 것'임을 모르지 않는다. 하지만 우 리는 저 몰락과 사로잡힘을 이내 곧 '승천'과 '초월'로 이 해하고 싶은 욕망이 우리 마음속에 불쑥 솟아오른다는 사실 또한 모르지 않는다.

그리고 시인은 다만 저 몰락과 승천 사이에서, 사로잡 힘과 초월 사이에서 "겨울과 봄을 통 안에 넣고 마구 굴 려/눈을 감고 집어내는 어떤 손에 대하여", "별의 입자 사이를 빠져나가는 바람의 머리칼에 대하여" 말하고자 할 뿐이다. 저 어떤 손과 바람의 머리칼, 그것들은 우리 를 거뜬히 초과하는 무한에 가까운 무엇들, 우리를 고통 으로 몰아넣는 절대적인 무엇들이 아닐 수 없지만, 시인 은 이 모든 것을 받아들이고자 한다. 삶의 이 끝없는 고 통은 회피할 것이 아니라, 언제까지든 받아들여야 한다. 이를 통해 우리가 얻는 것이 고작의 서정시라 할지라도, 그러나 그것이 어쩌면 전부일지 모른다. 우리가 만들어 낼 수 있는 최고이자 최선의 무엇일지 모른다.

그러므로 만약 니체의 영혼이 "그 공전 주기는 가을 과 봄에 걸쳐 있지/따뜻한 날이라네, 그렇지 않은가"('모

과별」), "종탑을 흔들어/선물처럼 종소리를 쏟아낸다, 바
람이"(「어디서 왔는지 모르는 바람이」), "바람의 방향이
다시 바뀌었다 여행하기 좋은 날이다 (……) 구름 씨는
가방을 챙긴다"(「구름 씨의 여행」)와 같은 문장들을 마
주한다면, 그는 영원회귀의 고통을 성실히 살아내는 동
료의 모습을 발견하곤, 나의 집에 거듭 머물러도 좋다
고, 그런 자격이 충분하다고 시인에게 따뜻하게 얘기해
줄 것만 같다.

5. 가령 반쪽만 남은 얼굴

백린탄이 날아다닐 때 구멍에 반쯤 걸쳐진 사람은?
가령 절반이 날아간 집
천장이 날아가고 목욕탕과 부엌만 남은 집과 천장과
안방과 거실만 남은 집은?
두 집을 합쳐 볼까요 요새는 건물도 바퀴를 달아 이사
시키면 된다잖아요
가령 반쪽만 남은 얼굴
왼쪽만 남은 얼굴과 오른쪽만 남은 얼굴을 합쳐 봅시다
왼쪽 입술이 미소 지을 때 오른쪽 눈도 웃을 수 있을까요
오른쪽 얼굴이 부딪혔을 때 왼쪽 얼굴도 아파할까요
　　　　　　　　　　　　　　　　—「대나무꽃」 부분

"왼쪽만 남은 얼굴과 오른쪽만 남은 얼굴을 합쳐 봅시다/왼쪽 입술이 미소 지을 때 오른쪽 눈도 웃을 수 있을까요/오른쪽 얼굴이 부딪혔을 때 왼쪽 얼굴도 아파할까요". 우리는 저 문장 앞에서 어떤 대답을 할 수 있을까. 세계의 폐허와 일상의 욕망을 번갈아 살아가는 우리는 가령 반쪽만 남은 얼굴. 별수 없이 시인 역시 반쪽만 남은 얼굴. 다만 우리 반쪽의 얼굴이 시인의 얼굴과 마주한다면, 이 시집과 더불어 잠시나마 하나로 합쳐진다면, 우리 충분히 아플 수 있을까. 우리 충분히 웃을 수 있을까. 충실히 아파하는 시인을 그리고 절절히 웃고 있는 시인을 바라보며, 우리 또한 그에 어울리는 아픔을, 웃음을 지닌 얼굴을 가지고 싶다. 그런 얼굴이 되고 싶다.

열두 개의 심장이 있다

2024년 11월 12일 1판 1쇄 펴냄

지은이   송은숙
펴낸이   김성규
편집   김안녕 조혜주 한도연
디자인   신혜연
펴낸곳   걷는사람
주소   경기도 용인시 기흥구 동백중앙로 358-6, 7층 (본사)
            서울 마포구 월드컵로16길 51 서교자이빌 304호 (지사)
전화   031 281 2602 / 02 323 2602
팩스   02 323 2603
등록   2016년 11월 18일 제25100-2016-000083호

ISBN 979-11-93412-58-9 04810
ISBN 979-11-89128-01-2 (세트)

* 이 책은 울산광역시, 울산문화관광재단 '2024년 예술창작활동 지원사업'의
  지원을 받아 발간되었습니다.
* 이 책 내용의 전부 또는 일부를 재사용하려면 반드시 지은이와 출판사의
  동의를 얻어야 합니다.
* 잘못된 책은 교환해 드립니다.